まいにちがぼうけん

はじまるぜ！

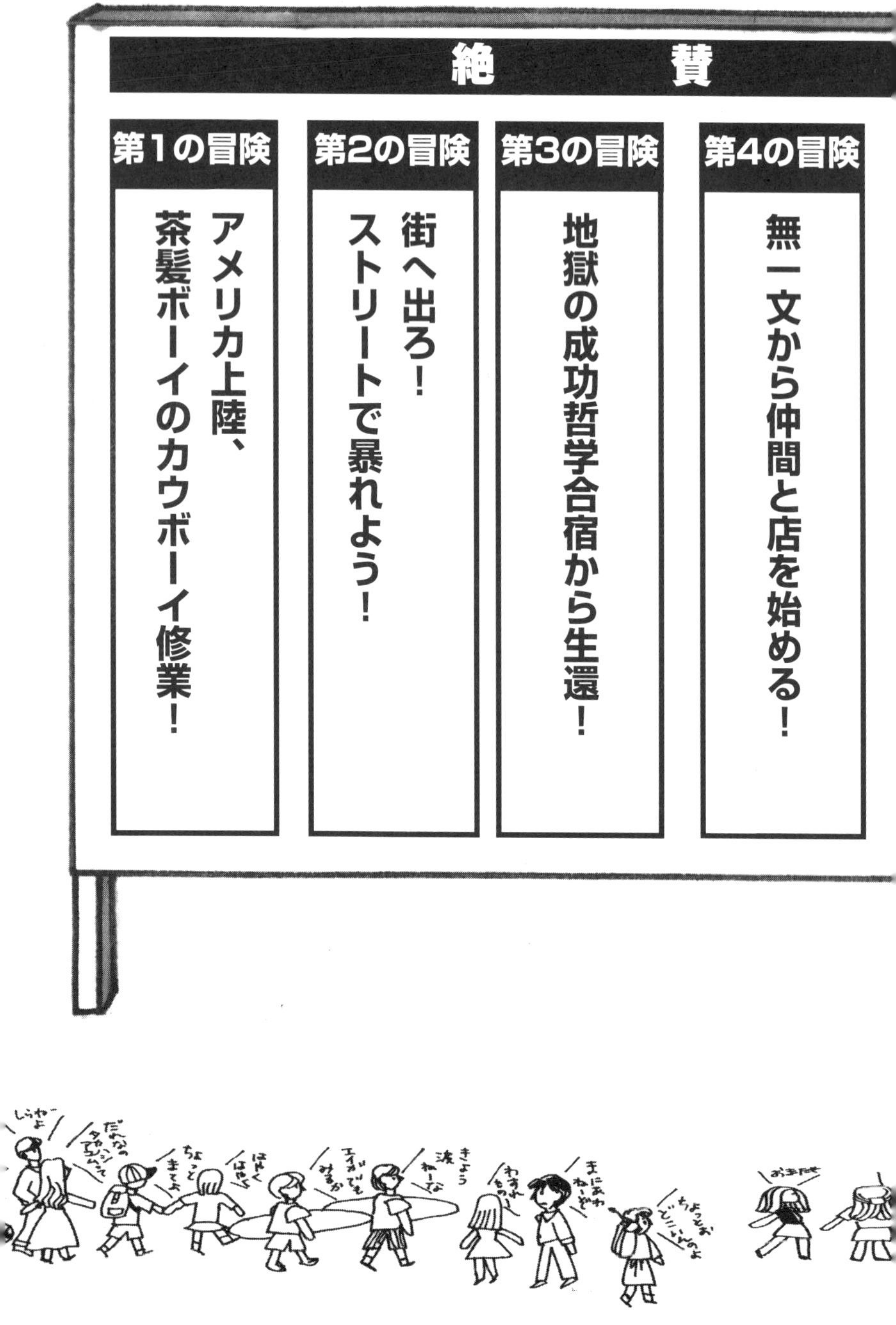
絶賛
第1の冒険
アメリカ上陸、
茶髪ボーイのカウボーイ修業！
第2の冒険
街へ出ろ！
ストリートで暴れよう！
第3の冒険
地獄の成功哲学合宿から生還！
第4の冒険
無一文から仲間と店を始める！

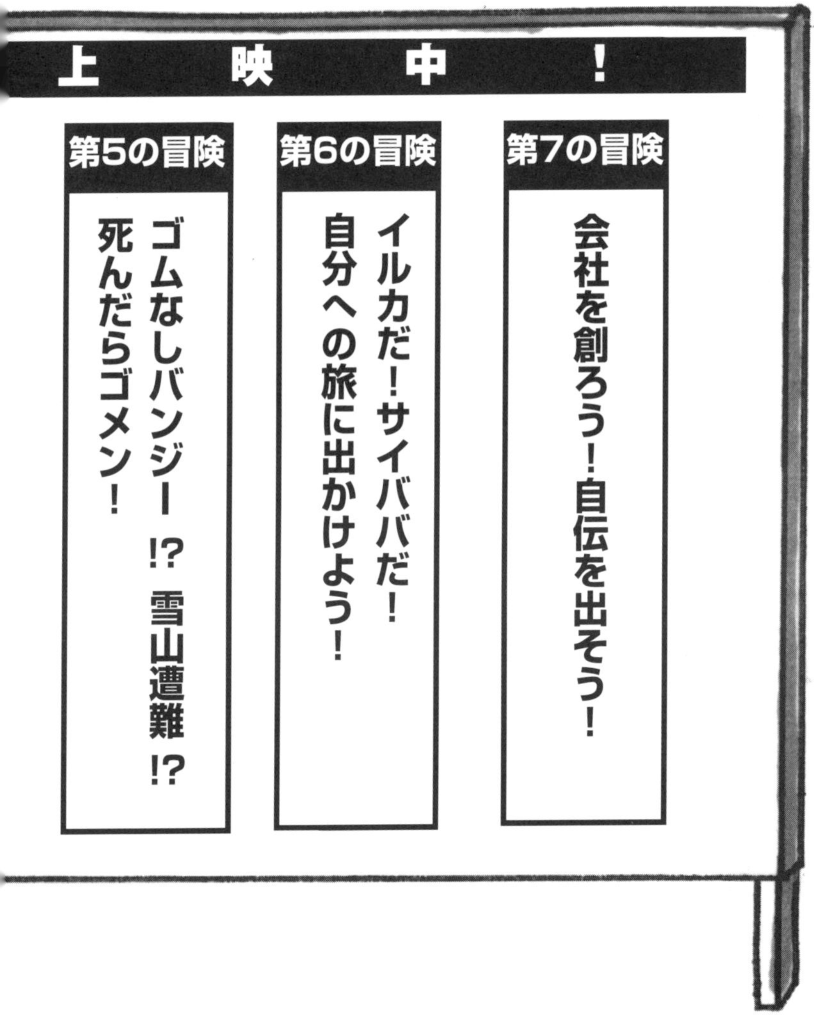
上映中！
第7の冒険
会社を創ろう！自伝を出そう！
第6の冒険
イルカだ！サイババだ！
自分への旅に出かけよう！
第5の冒険
ゴムなしバンジー!? 雪山遭難!?
死んだらゴメン！

じゃまだよ じゃま
はやく おきなさい
パパ そうだよ
ばあちゃん いそげよ
たいへん おくれちゃう
おくれちゃうぞ
おせーぞー

ピンポンパンポーン

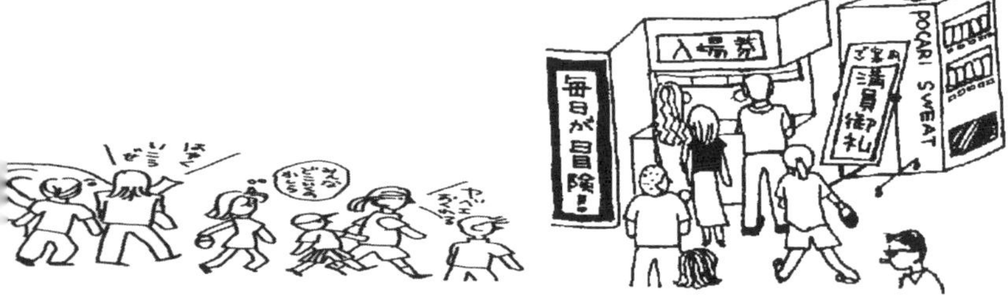

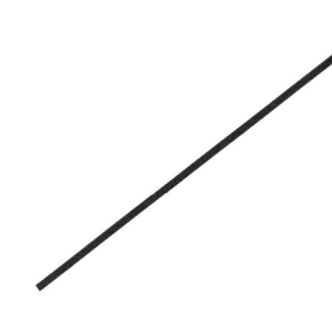

本日はご来場ありがとうございます。
ご来場の皆様に申し上げます。

本作品は、紙上で展開されるシネマです。
本作品は、読むのではなく、観て下さい。
観賞中の、喫煙・飲食・睡眠・入浴・イチャイチャ
等はご自由にどうぞ。

それでは、最後までごゆっくりお楽しみください。
まもなく上映開始です。

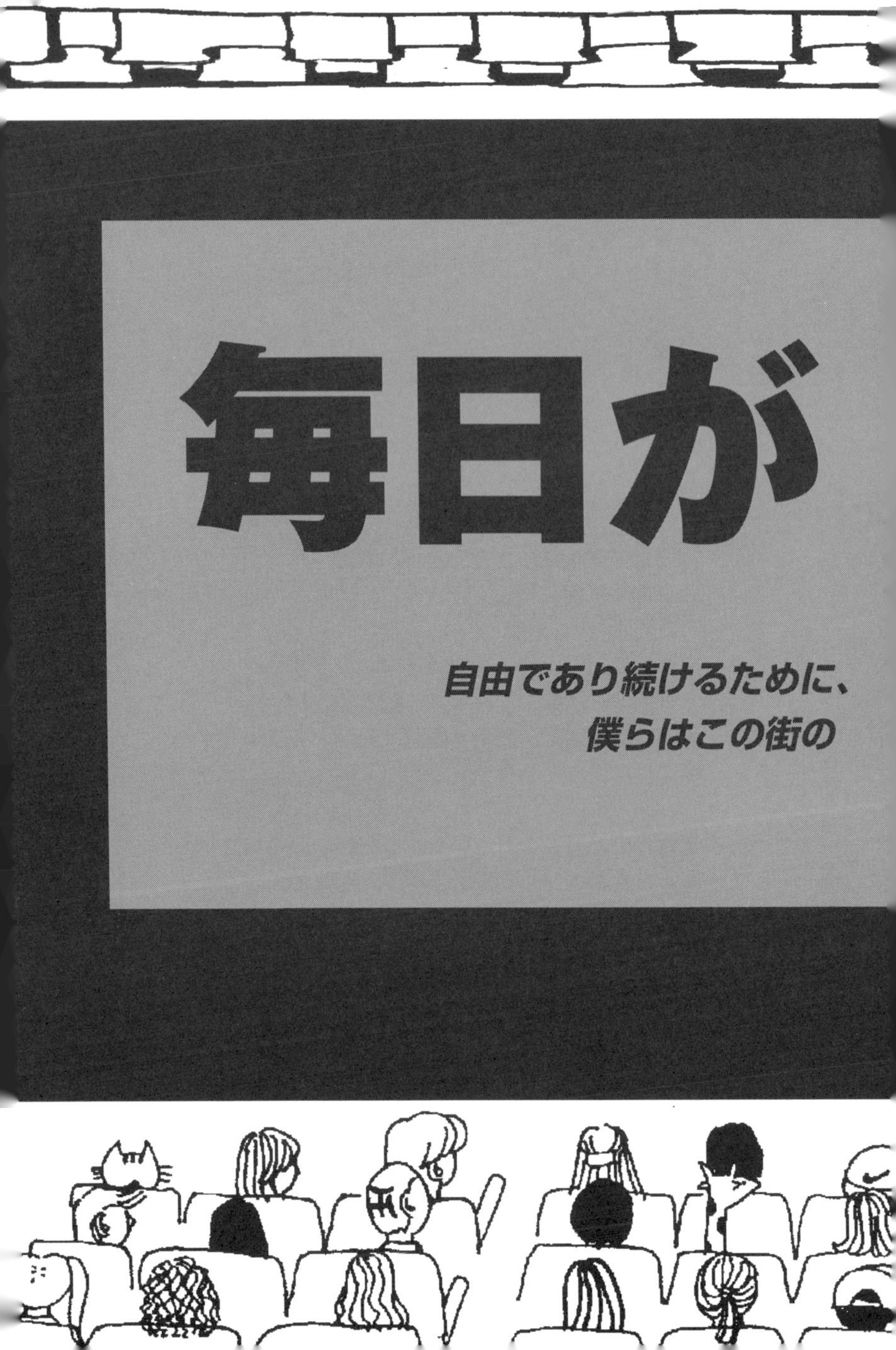
毎日が
自由であり続けるために、
僕らはこの街の

冒険！

そして、自分であり続けるために
ストリートで冒険を続ける

SANCTUARY S PRESENTS

第1の冒険

GET AN AMERICAN DREAM!

アメリカ上陸、茶髪ボーイのカウボーイ修業！

高校3年生の夏。18歳。茶髪。
ストーリーはそこから始まる。

EIGHTEEN-BLUES

～夢が見つからなかった18の夏～

金八先生を地でいくあまり、人間関係の悩みが絶えず、酒とパチンコの日々を送る、愛すべき熱血小学校教師のおやじと、
母親としても、幼稚園の先生としても普段は完璧なのに、なぜか家族旅行に行ったときだけ別人になり、異常なまでに金使いの荒くなるおふくろと、
もう少し背が高かったら、アメリカンフットボールのモンタナを超えたかもしれない、横須賀学院の天才クウォーターバック

である弟のミノルと、
広末涼子を２、３発ブン殴ったような顔
をしたコギャルである妹のミキ。
そんな５人家族の長男である俺は、とにかくすべてが**普通**《パンピー》だった。
学校の成績、身長、ルックス、**エッチの回数、**フラれた回数、友達の数、運動神経、アルコールの強さ、気合い、ギャグセンス、エンゲル係数、ｅｔｃ...
どれをとっても**ノーマル。平凡。ふつう。**
それでも毎日はそこそこ楽しかった。
友達と街に出て、古着屋やバーガーショップ、ゲーセンをふらついたり、誰かの家でファミコンの「ファミスタ」や「ドラクエ」や「マリオ」（殺し合い）に燃えたり、学校からチャリで３０分の距離にある湘南のクゲヌマ海岸でサーフィンをしたり、ナガブチツヨシに憧れてギターやハーモニカを練習したり、彼女のマリと学校の近くの公園で**イチャイチャ**したり。
そんな高校３年生、１８歳の俺には１つだけ大きな悩みがあった。
それは「夢」がなかったことだ。
正確に言うと、「なりたい職業」がわからなかったことだ。
「これだけは負けないぜ」と胸を張って言えることや、
「スペシャルな才能」ってもんがみつからなかった。
「将来の夢は何ですか？」と聞かれても、いつも答えられなかったし、そんな自分がすごく嫌だった。
「俺はデザインの専門学校に行って、デザイナーになるんだよ」
「私は青森の大学に入って資格をとって獣医になろうと思ってる」
「俺は旅行が好きだから、世界中を旅行しまくって、イカした写真を撮りまくるカメラマンになりてぇ。出来るかわかんねぇけどな」
そんなふうに **「自分のなりたい職業」** を見つけて、堂々としゃべれる奴らが、俺は心からうらやましかった。
俺だってなりたい職業がはっきり決まれば、超燃えて、がんがん気合い入れて、絶対に成功できるのによ、
と**根拠のない自信**だけはあったけど、具体的にエネルギーを向ける先が見当たらない。
そして、卒業が近づくにつれ、「進路」とか「将来」という言葉を聞くたびに、俺はアセった。
このまんま、すんなり生きていくとすると、たいしてドラマチックなこともないままに、**大学⇒就職⇒結婚⇒マイホーム⇒子供の成長⇒中間管理職⇒不倫⇒離婚騒動⇒仲直り⇒早朝ゲートボール**と、メロドラマ風に平凡な人生が展開していってしまいそうだ。

目的もないままに三流大学にすべりこみ、
サークルとバイトでだらだらと４年間を過ごし、
希望に燃えて入社した会社でも、あっという間に組織にのまれ、

やりたいことも出来ぬまま、やらなくちゃいけないことに追われ、
学生の頃の友達と久しぶりに会っても昔話しかできず、
「現実は甘くないね。俺達ももう若くないもんな」なんて苦笑する。
結婚が近いので、生活の安定を守るために嫌な職場を辞めることも出来ず、
毎日新しいこともなく、同じレールの上を行ったり来たり。
満員電車ではチカンと間違われ、
ちょっとぶつかったくらいでイライラし、
疲れた顔で週刊誌を読み、
「金があれば、時間があれば」が口癖になり、
にが笑いや営業スマイルが抜けなくなり、
あっちでほめて、こっちでけなす**2重人格者**になり、
おせじやでまかせを言うことが平気になり、
給料や小遣いの範囲でしか夢を描けなくなり、
自分の10年後、20年後までもほぼ想像できるようになり、
自分だけが夢や希望を失うのは嫌だから、
他人の夢や希望までも鼻で笑うようになる。
安いスナックでウーロン杯を飲みながら若い女の子のおしりをさわり、「手がすべっちゃった。はっはっは、ゴメン、ゴメン」と寒く笑い、
酔っ払って団地に帰ると、女らしさのかけらも残っていないマグロの様な奥さんは、もう寝てしまっていて、独り寂しくカッ

プラーメンをすすって眠る日々.....
中学に入って、少し反抗的になってきた息子に向かって「父さんも若い頃はな、ずいぶんワルで恐れられたもんだよ。はっはっは」なんて、バーコードヘアーで太った腹をかかえて...

いやだぁー！
いやいやいやいや。
絶対に、イヤ。

そんな「カッコわるい人生」を送るのは
まっぴらじゃ。

本気でそう思った。

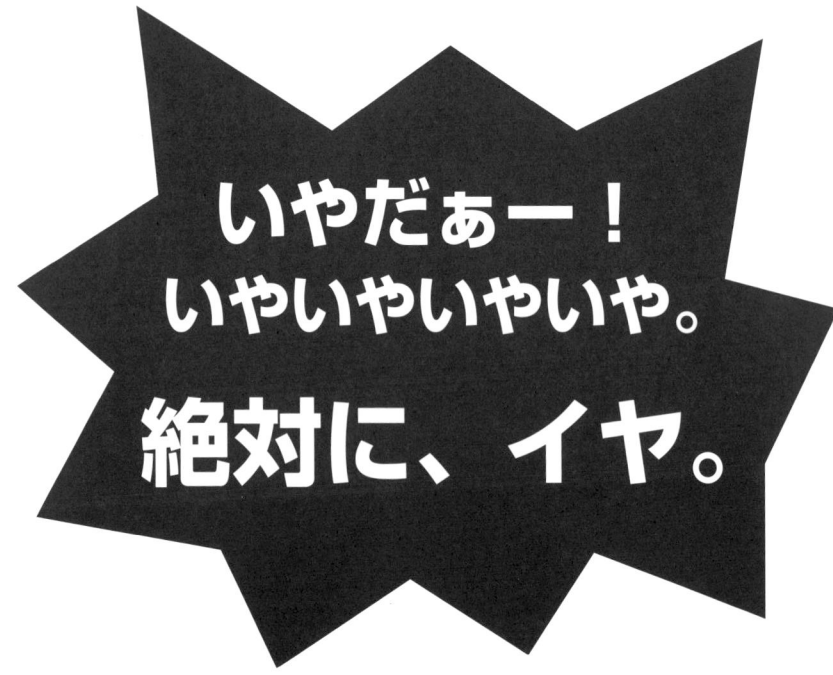

でも、俺、このままだとマジでヤバイんじゃねぇか？
どうする？
なにをすればカッコよく生きられるんだ？
いつもウォークマンでＢＯＯＷＹや尾崎やブルーハーツやナガブチを聞きながら、もんもんと考えてた。
焦りばっかりで、なんにも思いつかない。

このままじゃ、**まずい。まずい。まずい。**
ずるずるとダサい大人になっちゃう。
もうそろそろ、
マジで自分の生き方を考えないとヤバイ。
流されるままに大学を受験し、番号の見つからなかった合格発表の帰り。
俺は横浜のタワーレコードをうろうろしながら、今までに感じたことのない将来への不安を感じていた。

IT'S ANSWER!

～それが答えだ！～

マジで自分の生き方を考え始めた俺は、浪人生として受験勉強を始める前に、

まず、自分が憧れる**ヒーロー達の自伝**を読み始めた。

彼らが今の俺とタメのときに、何を考えていたか知りたくなったからだ。

ナガブチ、ボブ・ディラン、ウォルト・ディズニー、ジョン・レノン、尾崎豊、アイルトン・セナ、リバー・フェニックス、ジェームス・ディーン....

本屋で自伝を見つけては片っぱしから読みまくった。

読んでいくうちに、俺は自分の勘違いに気づいてきた。

カッコいい奴らは、１０代の頃から、「自分はどんな職業につきたいのか」とか「自分にはどんな職業があっているのか」なんて、１ミクロンも考えてないんだ。

ただ**「自分の好きなことを究めたい」**って想いで、必死に頑張っていただけ。

そうだ、俺は「自分のなりたい職業」を探そうとするからわかんねぇんだ。

「職業」なんてカンケーねぇんだ。

自分の好きなことを徹底的に究めていくこと。
それが大切なんだ。
なるほど、なるほど。好きなことね。好きなこと。
それをみっけて、気合いで究めちゃえばいいんだな。
よしよし、見えてきたぜ。

そんな俺の思いに確信を与えてくれたのは、ＦＭ横浜から流れてきた**「夕日評論家」**という怪しい肩書きをもつおじさんの話だった。
「僕は夕日がとにかく大好きで、三度の飯より、下手したら奥さんよりも大好きで、いろんなところへ夕日を見に行っては、独りで感動していました。それを日記に書いたり、写真を撮ったりしながら、他に生活するための最低限の仕事はしていましたが、ほとんどすべての時間とお金を夕日を見ることに費やしていました。もちろん夕日はお金にならないし、家族や親戚の視線は冷たかったんですけどね。いい歳してあの人は、って。でも、そんなある日、どこで聞きつけたのか、ある出版社からお話しがあり、僕の日記や写真を見ていただいた結果、雑誌でコーナーを持たせてもらえることになったんです。それから１年後に本の出版も決まってしまって。とうとう、**夕日で飯《メシ》が食えるようになってしまったんですよ。**素敵でしょ。今では、お金をもらって大好きな夕日を思う存分楽しんでいます」
このおっさんの生き方、サイコーじゃん！

そっか、やっぱ好きなことを究めればいいんじゃん。
いろいろ周りから言われても、自分を信じて、成功するまでやりゃいいんだ。
そうすれば、俺もカッコよく生きられるんだ。
そうだよ、やっぱりそうだ……
もんもんとした心の中が、クリアーになってきた。

ただ、大事なことがまだはっきりしていない。
そう、じゃあ俺は何を究めたいのか？
俺の好きなことは何なのか？ がわかってない。
大好きなこと、大好きなこと、う〜ん、俺の大好きなことはなんだ？
一番、彼女とイチャイチャすること。
うん、間違いない。絶対の本音。文句なしのトップ。
１００週連続第１位。
でも、ねぇ、ほら、あれでしょ。彼女とイチャイチャすることを究めるっていってもねぇ〜、どうすっかなぁ？
それでホントに後から金がついてくるのかなぁ？
生活するために最低限の仕事をしながら、彼女とイチャイチャし続けて、Hも超テクニシャンになって、四十八手とか究めて、「四十八手の達人」とかになって、本を書いて？
ぜんっぜんダメだ。
まったくカッコよくない。エロダサ。
う〜ん、でも、これがいちばん大好きなことだし。

う〜ん、わからん。（思考ストップ）

次に大好きなこと、**コーラを飲むこと。**

ペプシじゃなくて、コカコーラ。心から大好き。

味もロゴマークもＣＭも完璧にイケてる。

もし、本当にコーラで骨が溶けるなら、１０００回は溶けてなくなっているくらい飲んでる。もう、ほとんど中毒。

でも、コーラも難しいなぁ、コーラを飲むことを究めるっていってもまたわけわかんねぇし。

でも、**「コカコーラ博士」**みたいになるってのはありだな。コーラの歴史に始まって、世界中のコーラの味の違いとかまで究めちゃって。ラベルとかポスターとかコレクションしたりさ。これ、かなりいい感じ。

夕日評論家がありなら、コカコーラ博士もありでしょ。

そうそう、俺、昔っからジーンズも大好きだ。

ジーンズ。特にリーバイス。

コーラと同じくらいか、それ以上に好きだ。

雑誌の中やオクトパス・アーミーの壁なんかにリーバイスの広告があると、いっつも見とれてる。

アメリカ西部の荒野、アリゾナの砂漠を貫く一本道、フロンティア・スピリッツ、黄金色に輝くとうもろこし畑、ジェームス・ディーン、バーボン、西部劇、ビリー・ザ・キッド、ロデオ、荒くれ馬、カウボーイハット、カントリーブーツ、ワークシャツ、ハーレー・ダビッドソン。

あのジーンズに漂う、

ワイルドでハングリーでタフな男の世界

にとってもひかれる。

そう、ジーンズを究めるっていうのもいいな。

それなら、いっつもジーンズに囲まれて暮らすために、ジーンズショップで働くってのはどうだ？ ジーンズのことは誰よりも究めてるショップの店員ってのも、カッコいいじゃん。本場アメリカとかに買い付けに行ったりしてさ。

でも、まてよ。店員よりは、アメリカのテキサスかなんかの小さな工場で、ジーンズを創る職人になる方がカッコいいな。うん、全然いい。レアな本物のジーンズを創ってさ。プレミアとか付いちゃって。**「伝説の高橋歩モデル」**なんて出来ちゃったら死んでもいい。

よしよし、考えてみると、結構出てくるもんだな。

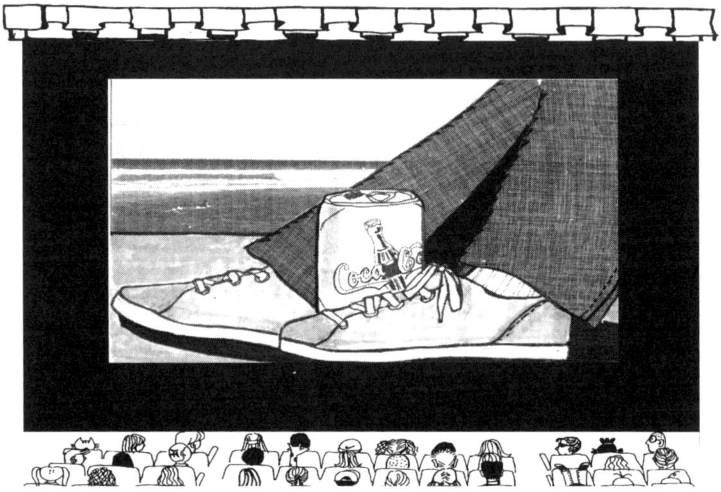

俺もまんざらバカでもねぇじゃん。

コカコーラ博士に**ジーンズ職人。**

どっちにするべ？

MAP OF GOLD
〜自分だけの宝の地図〜

コカコーラ博士にジーンズ職人。
どっちもカッコ良くって捨てがたい。
どっちにしようかなぁ〜、なんてかなり真剣に考えながら、本屋やジーンズショップをぶらぶらしたり、ジーンズやアメリカに詳しい奴に相談したりしながら、浪人の日々をたらたらと過ごしていた。
彼女とイチャイチャすることは「夢」とは切り離して考えることに決め、相変わらず自由奔放にイチャイチャしていた。

いきなり特筆事項。
「あんた、いい加減にしなさいよ。浪人生なのに予備校にも行かないで。勉強しないなら就職しなさい！」と、おふくろの怒りがマックス限界ラインに近づきつつあった。
家のリビングで夕食を食べながら、そんなおふくろからの「進路はどっちだ！攻撃」を受けつつ、テレビでジャイアンツ戦を見てたときのことだ。

お約束の通り、チャンスに原がサードファールフライを打ち上げ、チェンジ。
巨人ファンである弟と二人で、

「ファ――――――ック！」

と叫んでいると、テレビ画面はＣＭへ。

なにげなく、ブラウン管に映し出された**マルボロのＣＭ。**
でっかい夕陽を背に、西部の荒野を馬に乗って並んで歩くカウボーイ達の堂々とした姿。
暴れまわる牛の首にロープを投げて捕まえるカウボーイ達の豪快な仕事っぷり。
陽に焼け、無精ヒゲをはやした頬をへこませながら、うまそうにタバコを吹かすカウボーイ達のハングリーな横顔。
そして「マールボーロ、カントリー」という渋いしわがれ声。
衝撃的だった。
おもいっきり、ガツン！ときた。

「俺はこれだぁ！
カウボーイだぁ！」

心の中でシャウトした。
コカコーラ博士もジーンズ職人も一瞬にしてブッ飛んだ！

これだよ！カウボーイだよ！

みつけた、**これこれこれこれこれこれ。**

俺の究めるもの。

カウボーイ。

俺の夢。

「ワイルドでハングリーでタフな偉大なるカウボーイになる」

そうだ、テキサスでカウボーイだ....

少しやせた身体に、すりきれたジーンズとワークシャツ、カウボーイハットにロングブーツ。ウェスタンスタイルを身につけた俺は馬にまたがり、仲間のカウボーイ達と一緒に牛の群れを引き連れて荒野を歩く。

雨や風にも負けず、いつも悠然と。
腹が減ったら、仲間達とぶ厚いステーキをむしゃむしゃワイルドに食べ、
西部劇に出てくるようなバーでバーボンをクイッと飲む。
夜は、牛を襲うハイエナや狼と戦い、牛泥棒を警戒しながら、
「しばらくの間、夢を見させてくれ」 なんて言いながら、ジーンズのまま、革のコートをはおり、バーボンと拳銃を枕に干草のベッドで眠る。
全米のハングリーな男達が真剣に勝負するロデオ大会で、俺は日本人初のチャンピオンになり巨額の賞金をゲットする。

サイコーじゃん！
もう、大逆転。
俺の本当に求めていたものは、これだよ。
なんで今まで気づかなかったんだ。
俺はカウボーイになるぞ。マジで。
カッコよすぎるじゃん、それって。
～本場のアメリカ西部で活躍する日本人カウボーイの高橋歩さん～　なんて、日本でも雑誌やＴＶで紹介されちゃったりして。
「男の生きざま特集」 みたいなのでさ。
オッケー！それって、超イカしてるじゃん！

感動の嵐の吹き荒れる自宅のリビングで、俺は偉大なカウボーイになることを誓った。

そして、この夢を実現するための現実的な作戦を超マジに考え始めた。

作戦アイデア　其の1

「カウボーイスクール留学作戦」

浪人生というタテマエもあったし、最初は「何か、学校がないかなぁ」と思った。
カウボーイスクールみたいなもの、ないかなぁって。
それらしいのがあれば、留学ということにできるじゃん。
留学にすれば親も納得。とわりきって、学校を探した。
アルクから出てる『留学ガイド』で、カウボーイスクールを発見。１０日間コース。
ちょっと短いけど、まず、これだ。よし、これに行こう！
ノリノリで申し込もうとしたら、
「申し訳ありません。満員です」だって。
アー、やべー。これはダメだ。
あっというまに作戦失敗。

作戦アイデア　其の2

「“本場のカウボーイと暮らす7泊8日の旅　ＩＮテキサス”みたいなツアーに参加して本物のカウボーイと友達になっちゃおう作戦」

次に、留学がダメならツアーで行ってみるか、と考えた。

ツアーってのも、はっきり言ってカッコ悪いが、確実に本物のカウボーイに逢えるだろうし、ロデオ大会も見れるだろう。早めに、一度でも本物のカウボーイと逢ってみたかったし。
もしかして、友達とかになれたりしたら、いいなぁ、と。
さっそく、横浜駅前のＪＴＢと近畿ツーリストに行って聞いてみることにした。
「すいません。あのぉ～、“本場のカウボーイと暮らす７泊８日の旅　ＩＮ　テキサス”みたいなツアーってありませんかね？」
「はい？　え～と、テキサス中心で７泊８日のコースをご希望ですか？」
「いやいや、観光っていうより、本場のカウボーイの家に泊まれるとか、カウボーイと一緒に馬に乗るとか、そんな感じのなんですけど」
「ちょっとその様なツアーの予定は今のところありませんね」
「そういうツアーって、ありえますかね？探せばあるもんですかね？」
「正直なところ、可能性は少ないかと…」
「そうですか…」
ふぅー。この作戦もあっけなくボツ。

作戦アイデア　其の３

「とりあえず行っちゃおう！ゲリラ作戦」

なかなかいい作戦が思いつかず、だんだんじれったくなってきた。

飽きっぽい俺のことだ。このまんま時が流れて、知らないうちに、カウボーイへの熱い想いが冷めちゃうのも嫌だった。
え〜い、もう面倒だ！ズバッと決断！
「とにかくアメリカに行こう。行ってから自分でカウボーイを探そう」
これでスッキリ。そうと決まれば、最速で旅行資金の準備だ。
俺はさっそく近所のファミリーマートで夜勤のバイトを始めた。
夜の8：00から翌朝の8：00まで、12時間の夜勤を週５日。
超デビル。
コンビニというのは、夜中に弁当や雑誌やパンや、とにかくいろいろ荷物は届くし、ジュースは補充しなきゃいけないし、通勤タイムはおやじとコギャルで超混むしで、予想外にスーパーハード。
あ〜、やめたい……とぼやき続けて２ヵ月半。
雨にも負けず、風にも負けず、夜中のヤンキーや、気まぐれな店長の文句にも負けず、やっとの思いで３０万円近くの旅行資金が貯まった。
さらに、おふくろの知人の紹介で、ロスに住んでいる宣教師さんの家に最初の２、３日の間、泊めてもらえることになった。
ラッキー。
金も貯まったし、最初に泊まるところも確保出来た。
あとは『地球の歩き方』を読みながら、パスポートを申請し、チケットを買い、トラベラーズチェックを手に入れて準備はオッケーだ。
さて、作戦の最終チェック！
まずはロサンゼルスの宣教師宅へ２、３日泊めてもらって、カウボーイ情報をゲットする⇒すぐにロスから飛行機でテキサス州へ⇒テキサス州をヒッチハイクやグレイハウンドバスで放浪しながら、なんとか本物のカウボーイを発見する⇒「なんでもしますので、置いてください」と、カウボーイ宅へ弟子入り⇒カウボーイ修業⇒１ヵ月後に１度帰国⇒親にカウボーイになることを話し、家族会議で了解をもらう⇒再度アメリカへ戻り、本格的な弟子入り⇒数年後にカウボーイとして独立⇒ヒーロー。
完璧じゃん。我ながら感動するくらいのベストプラン。
英語は全くパープリンだけど、それはそれ。まぁ、どうにかなるだろ。

１９歳になりたての夏の日。
アスファルトが溶けちまいそうな午後。
俺は大きなボストンバッグを持って、ムチャクチャわくわくしながら横浜の自宅を出た。
駅までの道のりを、ホント、踊るように歩いてた。
さぁ、まずはロスへ。そしてテキサスへ。
帰ってくるときはカウボーイだぜ。
カッコいいぜ。へっへっへ。
俺の初めての冒険が始まった。

HELLO! AMERICA

～アメリカ上陸、カウボーイ作戦開始！～

ロサンゼルス空港。
まぶしい日差し。すがすがしい風。突き抜ける青空。
もう、気分はサイコーだ。
自分のボストンバックを受け取り、到着ロビーに降りた俺は、きょろきょろとあたりを見渡し、**宣教師らしい人＝牧師さん風の黒の上下の服に、首から十字架を下げて、手には聖書、**みたいな人を探した。

いないなぁ〜、あれ〜.......
俺は１０分ほど、そこら中を歩き回ってみたが、いくら探しても見当たらない。
おかしいなぁ.....遅れてるのかなぁ....
ちょっと不安になりながら、きょろきょろとあたりを見回していると、白い画用紙を持った巨大な人物がのっそのっそと、近づいて来るのが見えた。
サングラスをかけてサーファー系のカラフルなバミューダーパンツをはいてる。しかも**花柄。**
頭はちょっと薄めで無精ヒゲをもじょもじょはやして。
なんだ、この危ない大男は。なんか怖ぇ〜な......
のっそのっそのっそのっそ....
オオッー、近づいてきたー！
花柄バミューダー、頭薄め、無精ヒゲの大男は俺の目の前に立って、ズンっと画用紙を俺の前に突き出した。
何か、ローマ字で書いてあるぞ.....なになに.....

A Y U M U　T A K A H A S H I

えっ？
俺は、もう一度、その字をゆっくり読んでみた。

A YU MU TA KA HA SHI

ゲッ！俺の名前じゃん！ってことは....
でも、まてよ。ちょっとまて。これ？この人が宣教師？
俺は、はっきり言って動揺した。

だって、この大男は宣教師というより、どう見ても

ブルース・ウィリス。

まさか、この人なの？宣教師って....
おそるおそる声を掛けてみると、やはりお目当ての宣教師さんであることが判明。
アッチャー。さっすが、アメリカ。なんでもあり。
超アバウト....
こうして、俺は何とか宣教師をGETした。

まぁ、それにしても、ロサンゼルスは楽しすぎる街だった。
ブルース＆ワイフと一緒にビバリーヒルズの豪邸を巡ったり、
サンタモニカのビーチをドライブしたり、
デニス・ロッドマン風の黒人達が騒ぎまくる小さな映画館でビクビクしながら「ターミネーター2」を見たり、
ユニバーサル・スタジオで遊びまくっているうちに、あっという間に3日間が過ぎた。
ユニバーサル・スタジオで特大のピザをほおばり、3Lサイズのコーラをごくごく飲みながら、俺はハッと我に返った。
やべぇ。

おれは『E．T．』見て喜んでる場合じゃねぇんだ。

ロスに来た目的は**カウボーイ情報のゲット**なんだ。
やべぇ、やべぇ、作戦を忘れてた。
ブルースに聞いてみなきゃ。
しかし、意外にもブルースは、
宣教師のくせに人の話を真剣に聞かない。
英会話集を見ながら、いくら俺が熱心に相談しても、
「そんなこと知らねぇ。おまえは変わったジャパニーズボーイだな、はっはっはっ」ってな感じで軽く流されてしまう。
期待はずれなブルース。
しかし、彼はカウボーイ情報の代わりに、大きな旅の知恵を1つだけ授けてくれたんだ。
「知らない土地では母国語の教会に行けば、みんな親切にしてくれる。毎週水曜日の夜に行われるプレイミーティングと日曜日の午前中に行われる礼拝がチャンスだ。この時間に行けば必ず多くの人が集まっている」

THANK YOU VERY MUCH.
SEE YOU AGAIN!

がっちりと握手を交わし、ブルース宅をあとにした俺は、ブルースの教えに従い、テキサス州ダラス空港に降り立つやいなや、地図を調べながら日本人教会を探しまくった。
バスに乗ったり、人に聞いたり、ホームレスっぽい人にタバコをねだられたり、さんざん迷いながら、やっと小さな日本人教

会にたどり着いた。
ちょうど毎週水曜日の夜に行われるプレイミーティングという集まりに間に合った。
その教会の駐車場で、車から降りて歩いてくる、
ポロシャツをクールに着こなした岩城滉一風
のカッコいい日本人のおじさんを発見。速攻で話し掛けた。
「こんにちは。僕、横浜から来たタカハシアユムといいます。カウボーイになりたくてきたんっすけど、もしよかったら、少しだけでもお話し聞かせていただけませんか？」
「へぇ〜、カウボーイに？」
「はい。どこに行ったらカウボーイがいるのか、わからなくて」
「ゴメン、ゴメン、今、時間ないんだよ。それより、今日、泊まるとこあるの？」
「いや、まだ」
「そうか、じゃ、今日はうちに泊まりにきなよ。その時ゆっくり聞くよ」
「あ、すいません。お願いします。ありがとうございます」
「わかった。で、プレイミーティング出るの？ もう始まるぞ」
「いや、僕はいいです」
「あっそう。じゃ、たぶん8時頃には終わるから、この駐車場の入口にいてよ」
「わかりました。よろしくお願いします」
「オッケー」
トコトコトコトコと岩城っちは急ぎ足で教会に入っていった。
俺は駐車場で独り、ガッツポーズ。

よっしゃ！楽勝！

岩城っちは、エリート商社マン。１年くらい出張でこっちに来ているそうだった。
彼は親切に、いろいろと本や雑誌を調べたり、友達に電話を掛けてカウボーイの居場所を聞いてくれたりした。
そして、最終的にテキサス州フォートワースという町に行けば、**カウボーイがうじゃうじゃいる、**という事実が判明した。

BRAVE HEART

～勇気を出してチャンスをつかめ！～

次の日の朝、岩城っちは仕事があるにもかかわらず、車で、俺をフォートワースの町まで連れていってくれた。まさに西部劇のセットに出てきそうな町のどまんなかで車を降りた俺は、心から頭を下げ、握手をして岩城っちと別れた。

ザッと見渡したところ、まだカウボーイは見あたらなかったが、俺はボストンバッグを抱えて、わくわくわくわくしながら、その辺を気の向くままにうろつき始めた。
幅２、３メートルの道は舗装されてなく、赤っぽい土がむき出しで、左右に小さな雑貨屋や定食屋、民家がぽつぽつと建っている。
まだ午前中ということもあるだろうが、あまり活気がなく、下手したら**ゴーストタウン系。**
なんだか静かだなぁ.....カウボーイはどこだ？
３０分ほど歩き回ってみたが、カウボーイは見つからなかった。
おかしいなぁ....うじゃうじゃいるはずなのに....まぁ、もう少し町はずれの方まで歩いてみるか.....
じっとしていてもしょうがないので、不安を吹き飛ばすように、俺は早足で道を先へ先へと進んだ。
それから１０分ほど行くと、木造の小さな倉庫のような建物の中から、大きな音が聞こえてきた。ざわざわと人の声が聞こえる。何だか盛り上がっているようだ。
競馬場のような動物のクソの臭いがぷ〜んと漂ってくる。
これは、もしかして馬のフンのにおい？　ってことは、カウボーイがいるかもしれねぇぞ！
オオッー！期待、大じゃん！
俺はダッシュで門をくぐり、古い木で創られた入口の扉をグッと押して、建物の中に入ってみた。

すると、そこにあった風景。
俺の目に飛び込んできたもの……
本物のカウボーイがうじゃうじゃ。１００人くらい座ってる。

イターッ！
カウボーイ
みっけた！

心臓がドキン！それからバクバクいいっぱなし。
さっそく見つけたぜ！余裕じゃんかよ。
岩城っちサンキュー！
足首についている馬を蹴るためのびょう。
年季入っている系のジーンズ。
つばがきゅっとそった形のカウボーイハット。
本物だ。マチガイねぇ。マルボロマンだ。しかも、こんなに……
うるうる……
顔が熱くなってきた。
しばらくのあいだ、ぼーっと感動に浸った。
カウボーイ同士がしゃべってる声を聞いただけで震えてくる。
「おー、生きてるよー。動いてるよー」
映画で見たような西部劇の英雄、早打ちのガンマン、ビリー・ザ・キッドそっくりな人もいる。
この木造の倉庫は、牛のオークション会場のようだった。つまり牛のセリだ。
木の椅子が3列ほど円形に並べてあり、その円の真ん中に牛が運ばれてきては、競売をやっている。**ハンマープライス**のようなやつ。

司会のような人の掛け声に合わせ、カウボーイ達は口々に値段を叫び、一番高い値段を言った人が、牛の番号の書かれたカードを入口の近くにあるカウンターで受け取っているようだった。
とりあえず、はじっこの空いている席にこそこそと座り、カウボーイ達を観察することにした。
それにしても、本物のカウボーイはカッコいい。
オーラが**ビンビン**出ていて、気軽には近づけない感じだ。
感動に浸りながらも、俺は作戦を実行するために、落ち着きを取り戻そうとした。
バカみたいに真剣に、深呼吸したりしてた。
なんといっても、競売が終わったら、とにかく、カウボーイ達に片っ端から話し掛けて
「何でもしますので、しばらくあなたの家に置いてください！」と言わなくちゃなんねぇ。
俺の英語が通じるのかも不安がいっぱい。
その前に、話しを聞いてくれるかどうかもわからない。
でも、次はいつ本物のカウボーイに逢えるかわからないんだ。
とにかく、今回で絶対にゲットだ。

司会のような人が退場し、競売がついに終わったようだ。
「さぁ、気合い入れて行こう！」と独りでつぶやきながら、俺は早めに倉庫から出て、出口の扉の外でカウボーイ達を待ち伏せた。

優しそうな人を見つけて、弟子入りさせてくれるように頼むんだ。
俺がスタンバイするかしないかのタイミングで、ダーっとたくさんのカウボーイが、出口の扉から溢れてきた。
目の前を通りすぎる**カウボーイ。カウボーイ。カウボーイ。カウボーイ。**
あたりまえだが、みんな俺のことなど眼中になく、トコトコトコトコ歩いていってしまう。俺はなかなか、話し掛けられない。
憧れのカウボーイを目の前にして、ちょっとした金縛り状態。
「イクスキュ〜ズ…」 ガツッ！**ギロッ。**
やべっ。勇気を出して話し掛けようとしたら、俺のボストンバッグが2メートル級の怖そうなカウボーイの足にぶつかっちゃった。
「ソーリー….」
彼は怒ったような顔をしたまま、返事もせずにフンっと通りすぎていってしまった。
やっベー。俺、じゃまなのかな？
正直いって、それからビビっちまった。
そんな些細なことに、急にパワーダウンして、話し掛ける勇気を失った。
「勇気を出せ！話し掛けろ！」
もうひとりの自分が必死に叫んでいたが、
ビクビクと眺めているだけしか出来ず、結局、逃しちゃった、話し掛けるタイミングを。

パワーアップする暇もなく、出口から誰も人が出てこなくなってしまったので、倉庫の中をのぞいてみた。
シーンとしていた。
掃除をする若者と、係員のおじさんが数名いるだけで、もうカウボーイ達は１人もいなかった。
「ヤッバイ。俺、ダサすぎる。ここまできて」
おもいっきり自己嫌悪。
せっかくここまで来て、

なにやってんだ、俺。死ね！バカ！

背中を丸めて、ボストンバックを抱えながらとぼとぼとさっきの道に戻った。

しかしチャンスはまだ終わってなかった。
チャンスの女神は俺を見放してちゃいなかった。
木造の倉庫のとなりにある、昼なのにネオンがついているカフェバー。
その店に入っていく５、６人のカウボーイ達の後ろ姿を俺は見逃さなかった！

「ここで勝負だ！今度こそマジでゲット！」

もう後がない俺は、ダッシュで店に入り、とりあえず、さっきのカウボーイを探した。
すると、どうだろう。
店の中には、総勢３０名ほどのカウボーイ達が飯を食ったり、仲間と盛り上がったりしている。

よっしゃー！イケイケだぁ！
これだけいりゃ、１人くらいゲット出来るだろ。
俺は完全にパワーアップしていた。
あれ？　でも、何か雰囲気が変だぞ。
ボストンバッグを抱えて店の入口に突っ立った俺を、みんながジロジロと見ている。
カウボーイ達もジロジロと見ている。
「ＨＥＹ！みんなでこのジャップをボコボコにしちゃおうぜ」的なデビルな視線？
なんだ？なんだ？　俺は入っちゃいけないのか？
関係者しか来ないような地元の店。
そこになぜか、旅行者の日本人。

頭は茶髪。**祭**という漢字のプリントされた怪しいＴシャツ。
確かにミョーだ。
憧れのカウボーイ３０人から、いっせいに浴びせられるネガティブな視線に、またビビって後ずさりしそうになった俺だったが、今度はそうはいかない。

カンケーねぇ。

せっかくここまで来たんだぜ、ベイベー。
完全に吹っ切れていた俺は、店の中へ堂々と入っていった。
すると、若い店員が、話しかけてきた。

地元の学生っぽい、初期のリバー・フェニックスに似たさわやか兄ちゃん。
何言ってるのかは、よくわからなかったんだけど、「コーク、プリーズ」と言ったら通じたようで、空いているテーブル席へ座るように合図された。
でも、何だか奇妙なものを見るような目つきで、俺を見ながらニヤニヤしてる。
リバーは、顔なじみらしいカウボーイ達に目配せをして、
「みんな、見てみな。面白い奴がいるぜ！」的な合図を送っている。
「カモーン！ボーイ」
突然、席に着いたばかりの俺を、店員のリバーが手招きをしながら呼んだ。
カウボーイが６人くらい座っている大きなテーブルに来いと呼んでいる。
えっ？　なによ、突然。**ボコボコ？**　それはないよね？
いやはや、あっちから呼んでくれるなんてラッキー、ラッキー。
ちょっと怖いけど、行くっきゃないっしょ！
俺は自分に言い聞かせながら、席を立った。

木で出来た大きな四角いテーブルには、６人のカウボーイが座っていた。
若いのが１人と、おじさんが４人と、おじいちゃんが１人。
若いのは、もやしっ子みたいにヒョロヒョロしてて、いまいちオーラが出ていない。

４人のおじさんカウボーイのうち、
１人は**デブカウボーイ**で却下。他の３人のおじさんは、なかなか風格もあってカッコいい。
でも、帽子、シャツ、ジーンズ、革のベスト、どれをとっても一番ウェスタンスタイルが決まってて、さらに年季＆風格的にも、**ダン凸**だったのが、おじいちゃんカウボーイだ。
惚れちゃうくらい、カッコいい。
テーブルの上には食べかけのステーキプレートと、飲みかけのビールジョッキがいくつか残っている。
俺が席に着くなり、カウボーイ達から質問の嵐。
「どっから来たんだ」
「日本／JAPAN」
「何日くらいいるんだ」
「１か月くらい／ONE MONTH」
「どこの州が好きだ」とお得意の質問。
「いや、テキサスです／OF COURSE, TEXAS」
「なにしに来たんだ」
「俺はカウボーイになりたいんだ／
I WANT TO BE A COWBOY!」
伝わってるのかどうかわからないけど、とにかく、必死に言ってみた。
修業させてもらうには最高の師匠であろう、おじいちゃんカウボーイの瞳をじっと見つめて。
「カウボーイになりたいから、あなたの家にステイさせてくれませんか？　頼むから、**ステイ、プリーズ。**
ステイ、ユアハウス？」
俺の英語が通じているか不安だったので、繰り返し言った。
おじいちゃんカウボーイはスマイル＆スマイル。
イイ反応であることは確か。
ただ、オッケーしてるかどうかがわからない。
「フウン、フン」とか言ってる。
「オッケー？」
「フウン、フン」と、相変わらず。
いいのかなぁ？
わかんねぇな。何考えてるのか。いいの？ダメなの？
俺はうるうるした瞳で、じっとおじいちゃんカウボーイを見つめるだけ。
すると、おじいちゃんカウボーイはよいしょっと席を立ち、
「フォロー・ミー、カモン」と合図した。俺に。しかも笑顔で。
マジ？
アーッ、行っていいのか。
ヤッタァー！ヤッタァー！
感動の嵐、嵐、嵐。

ILLUSIONS

〜早すぎる夢の終わり、俺はダイエーが嫌いだ〜

コーラの代金を払い、大きなボストンバッグを抱えて、俺はおじいちゃんカウボーイの後について、店を出た。
さっきまでの自己嫌悪がウソのように爽快な気分。
これから俺の偉大なるカウボーイ伝説の１歩が始まるんだ。

へっへっへ。，やったね。
ハードで大変かもしれない。修業は厳しいかもしれないけど、俺、マジで頑張るぞ。
まずは馬の乗り方に始まって、牛の群れの先導の仕方、狼やハイエナを追っ払うために拳銃の使い方も覚えるだろう。
楽しみだなぁ〜。
俺は熱い想いを胸に、タッタッタッタッタッタと元気よく歩いていた。
来るときに通った道を少し歩いたところに、車がとめてあった。
おじいちゃんカウボーイは、でっかいワゴン車で来ていたんだ。

あれ？馬じゃないの？（第１の不安）

まぁ、しかたない。
俺は車に乗り込み、おじいちゃんカウボーイの家へと向かった。

彼は超無口だったので、ドライブしている１時間くらいの間、ほとんど会話をしなかった。
まぁ、それはそれで、あんまり気にならなかったんだけど、問題は車の窓から見える風景だ。
俺が求めていたカウボーイワールドというよりは、
房総半島マザー牧場系ほのぼの空間。
テキサスの荒野というよりは、スイスの草原。
野性の馬は見当たらず、飼いならされた羊の群ればかり。
ワイルドでハングリーでタフというよりは、マイルドで牧歌的でほのぼのムード。
俺の胸に不安がよぎった。（第２の不安）

とてつもなく広い牧場を抜けたところにある、大きな家の前で車はとまった。
この家らしい。
一応、馬小屋、牛小屋がある。
隣の牧場では、馬が走ってる。
少しホッとした。
俺は車を降りながら、身振り手振りを駆使して、必死におじいちゃんカウボーイに頼んでみた。
「良かったらあの馬に乗せてもらえませんか？もちろん、明日でも構わないんですけど」
「馬に乗れるのか？」
「いや、まだ乗れません。少しづつでも教えてもらえませんか？」

「最近、馬から落ちて大ケガした人がいるから、ダメだ。危険だ。」
「大丈夫です。俺、体だけは丈夫ですから」
「ノー」
「…………」（第3の不安）

玄関を開けると、すぐ脇にポプリが置いてあって、プーンといいにおい。
かわいいアンティークの家具、花飾り、女の子の人形と何だか、むちゃくちゃかわいらしい家。
とってもさわやかな**カントリーマームの世界。**
さらに最悪なことに、テレビとビデオがある。しかも大画面。
なにこれ？　普通の2世帯住宅じゃん。
下手すりゃ、禁煙だぞ、この家。マルボロマンどこじゃねぇぞ。
きょろきょろしている俺を、カントリーおばあさんが案内してくれた。
「何日くらいいるの。」
「イフ、ユー、OK，1マンス」
「…………」
相手は、かなりブラックな表情でノーリアクション。
迷惑らしい。
「あなたの部屋はこっちよ」
俺は奥の部屋に連れていかれた。

案の定、部屋もかわいらしい。かわいらし過ぎる。
今にも、赤毛のアンが飛び出してきそう。
まずいよこれは。ますますハングリーじゃねぇぞ。（第4の不安）

俺は失望したまま、きれいなリビングで、おじいちゃんカウボーイとカントリーおばあちゃんと健康的な夕食を食べ、内容のまったくわからないテレビ番組を見て、シャワーを浴び、寝る時間を迎えた。
俺としては納屋かなんかで、干し草のベッドで寝るのを想像していた。
寝るとこなんて、どこでもいい。
カウボーイなんだから、地面でも野宿でも。
そのくらいの覚悟はあった。
でも、まぁ、せっかく部屋を貸してくれたのだから、感謝しなくっちゃ。
俺はジーンズのままベッドにゴロンと横になって、この先のカウボーイライフについて悩み始めていた。
あれ〜、おかしいな。全然、イメージが違うぞ。
これじゃ、全然マルボロマンじゃないよ。
どっちかっていうと、**「アルプスの少女ハイジ」**だよな、これじゃ。
オークション会場では、完璧に理想通りのカウボーイだと思ったのに。
やばいな。どうしよう……
すると、ガチャっと俺の部屋のドアが開き、
「グッドナイト」とおじいちゃんカウボーイの声が聞こえた。
俺も「おやすみ」を言おうと振り返った。

そのとき、**俺の目に飛び込んできたビジョンが、**
俺のカウボーイドリームに完全な終止符を打った。

なんと、憧れのカウボーイが、
あの西部の荒野を馬に乗って走り回っているはずのカウボーイが、
ハングリーでワイルドでタフなはずのカウボーイが、
干し草のベッドで、バーボンと拳銃を枕に「しばらくのあいだ、ちょっと夢を見させてもらうぜ」なんて言いながら眠るはずのカウボーイが、
そして、さっきまであんなにカッコ良くウェスタンで決めていたはずのカウボーイが、

ダイエーで
２９８０円で
売ってるような、
パステルカラーの
スウェット
を着てたんだ。
しかも上下。

超ダサ。

「なにそれ！」俺はつぶやいた。

ぜんっぜんちがう。カッコ良くもなんともない。

それじゃ、ゲートボールおじいちゃんよりダサイじゃんかよ。

ジーザス。

そのダイエーの２９８０円パステルスウェット上下を見た途端、俺の中での全てのカウボーイ伝説がバーン！っと音を立てて砕け散った。

カウボーイに対する憧れが、不思議なくらいに

ザザザザザザッ――――――――――っ

と引いていった。

「すぐに、新しいカウボーイを探そう」とも思ったが、どういうわけか、もう熱い気持ちが、まったく湧いてこない。

ここまで来たのに。
あれだけ作戦考えて、必死にバイトして、ブルースや岩城っちにも迷惑かけて。
１９歳の俺が出来る全てを費やして。
あれだけ好きだったのに。
せっかく究めたいものが見つかったと思ったのに。

もう、カッコいいカウボーイは、
実際にはいないんだ。

くっそー……
おじいちゃんカウボーイは、そんな俺の気持ちにはまったく気づくわけもなく、ドアを閉めて出ていった。
俺はブルーのどん底に落ち、なかなか眠ることができなかった。

次の日、俺は眠い目をこすりながら、おじいちゃんカウボーイにお礼を言って、朝早くその家を出発した。
おじいちゃんカウボーイは相変わらず優しかったが、逆にそれがますます俺をブルーな気持ちにさせた。
俺は、教えられるままに１５分くらい歩いたバス停から、バスを乗り継いで、傷心のままダラス空港に戻った。

あ〜あ、これからどうしよう？

俺はダラス空港のロビーにあるカフェに座り、傷ついた心で、ふぅーっとマルボロをふかしながら、『地球の歩き方』をめくっていた。
なんだか、すぐに帰るのが悔しかったから、どこかへ寄って帰ろうと思った。

そうだ！飛行機でアトランタに行って、
コカコーラ博物館に行こう！
せめて、思いっきり本場のコーラを飲んで、気を取り直して帰ろう。
俺はダラス空港の近くにあるホテルに１泊し、次の日、アトランタへ向かった。
アトランタではコカコーラ博物館で、
本場のコーラをヤケ飲みし、
コーラグッズをストレス買いして、
数日後に日本へ帰国した。

俺の夢。
テキサスでカウボーイになる。
少しやせた身体に、すりきれたジーンズとワークシャツ、カウボーイハットにロングブーツ。ウェスタンスタイルを身につけた俺は馬にまたがり、仲間のカウボーイ達と一緒に牛の群れを引き連れて荒野を歩く。
雨や風にも負けず、いつも悠然と.....
全米のハングリーな男達が真剣に勝負するロデオ大会で、俺は日本人初のチャンピオンになり巨額の賞金をゲットする……はずだったのに....
くっそー....
FUCK YOU!
こうして、生まれて初めての冒険は、
未完のまま終わってしまった。

第2の冒険 DAYS OF STREET

街へ出ろ！ストリートで暴れよう！

19歳のはかない夢だったカウボーイ作戦が失敗に終り
傷心のまま帰国した俺。
そんな俺をさらに悲劇が襲った・・・

STREET CASTLE

～まずは自分の城を持とう～

「アユム君、私のこと必要としてないから……」

「えっ？」

カウボーイショックの傷も癒えぬ、ある秋の夕方。

俺は、付き合って半年になる大好きだった彼女のミカに、

いきなりフラれた。

必要としてないから…必要としてないから….

必要としてないから…..

「必要だっつぅーの！」

叫びも空しく、ミカは振り返らずに去っていった。

残された俺は、みじめだった。

ブルーなんて、とっくに通り超して、超ブラックな気分。

受験勉強するでもなく、元気に遊びまわれるわけもなく、部屋でぼーっとテレビを見たり、ぼーっとビデオを見たり、本屋やレコード屋をふらふらしたりしながら、無気力な浪人デイズを過ごしていた。

カウボーイ＆ミカにフラれた後遺症からか、コカコーラ博士やジーンズ職人になるっていう夢にも、いまいち熱くなれなくて、もとの**「夢なしクン」**に逆戻りって感じだった。

それでも時間は容赦なく過ぎる。
ふっと現実に目を向ければ、季節はもう秋。１０月。
大学を受験するなら、スパートをかけなきゃいけない時期だ。
とりあえず、大学行こうかなぁ.....
でも、受験勉強したくねぇな.....
かといって、特にやりたいことも、究めたいこともはっきりしねぇし.....

んっもう、マジでどうしようかなぁ〜と、うだうだ考えていた。
大学に入ると、確かに、１つだけいいことがある。
それは、家から通えない大学を選べば、
「ひとり暮し」が出来るってことだ。
とにかく俺はひとり暮しがしたかった。
もうそろそろ、親と離れて生活してみたかった。
マンネリな家庭のリビングで、おふくろに「洗濯もの片付けなさい」とかいわれる生活より、ジャンパーを引っかけて、自転車こいで、コインランドリーとか行っちゃって、**「あゆむぅ〜、洗濯もの、なかなか乾かないね。缶コーヒーでも飲まない？」**なんて、美人な彼女とコインランドリーでイチャイチャと戯れる生活のほうが１０００倍素敵だ。
そして、ひとり暮しなら、**ラブホ代もゼロ。**
さらに、憧れだった**「同棲ライフ」も可能**だ。
「おまえの作った手料理と俺の作ったラブソング、他には何にもない部屋で…」みたいな、神田川的な世界が、俺は好きだった。
同棲して、一緒に銭湯に行く。
新しい彼女は、美人なんだけど飾らない今井美樹系がいい。
先に上がった俺は、出口で待ってる。
１０分ぐらいして、彼女が出てくる。
濡れた長い髪がセクシー。

お風呂帰りにTシャツ姿で **「つぶつぶオレンジ」** を
２人で飲む。
盗んだ自転車でキャーキャー言いながら２人乗りして帰る。
近所の縁日で浴衣姿のキミと２人で金魚すくい＆線香はーなーびーみたいな。
受験勉強に耐えれば、
ひとり暮し＝美人な彼女とコインランドリー＋ラブホ代もゼロ。
さらに、つぶつぶオレンジ……
やっぱ、大学行こう。そんでひとり暮ししようっと！
「ひとり暮し＋受験勉強」の方が、「家族と暮らす＋就職」より楽しそうだもんな。

高橋歩、大学進学希望、決定。

でも、さすがに、今さら、数学や理科は勉強できなかった。
最大公約数とか慣性の法則とか聞いただけで、ブルーになる。
古文なんてなおさら。
紫式部？蝉丸？ウォー！って叫びたくなる。
それは勘弁してくれ。
そのかわり、現代文は昔から得意だったから、「マークシート」ならいけるだろう。
英語はアメリカ放浪で必要性をおもいっきり感じたから、勉強するのは嫌じゃない。
英語と現代文だけで入れる大学。
しかもマークシート。
家から通えない距離。
そんな条件で大学を探した結果、俺の第一希望は、
「神田外語大学」になった。
出来たばっかりで、キャンパスもムチャクチャきれい。海も近い。
受験には、最大公約数も慣性の法則も紫式部も、蝉丸だって必要ない。
作戦通り、横浜からじゃ、ぎりぎり通えない**千葉の幕張**にある。
女の子の比率が７割っていうのも偉大だ。
よっしゃ、やる時はやったる。どうせやるなら、なんとしても受かったる。

１０月〜１月の最後の４ヵ月間、１２０デイズは、ミカとの思い出と闘いながら、なんとかふっきって、徹底的に受験勉強をした。
ウリャー！ウリャー！
たかが勉強。たかが暗記。やって出来ないことはねぇ！
本命大学ゲット！気合いの合格！
素敵だ....

合格発表を見て、嬉しさのあまり掲示板の前でガッツポーズを繰り返し、おふくろに電話し、その足でさっそく念願のアパートを探し始めた。
アパート探しの条件は２つ。
「ロフトがあること」と
「近くにコインランドリーがあること」
コインランドリーはいいとして、ロフトにこだわったのは、**ノーマン・ロックウェル**という画家のアトリエに憧れていて、絵も描かないくせに、俺も似た様なスペースをどうしても欲しかったからだ。
さんざん不動産屋をハシゴした挙句、大学からはかなり離れてしまうが、なんとか条件どおりのアパートを発見した。
ちっちゃいユニットバスと、蚊取り線香のような電気コンロ。
氷を創るために温度を下げれば、卵まで凍っちゃう３０センチ四方の１ドア冷蔵庫。
隣の家のおじさんのくしゃみが聞こえるほどに薄いベニヤ板の

ような壁。
それが、**「花見川プリンスハイム２０３号室」。**
誰が見ても、**「どこがプリンスじゃぁ～！」**と
突っ込みたくなるような、かなり病んだアパート。ちょー狭い。
でも、ロフトだけはイカしてる。屋根が斜めになっていて、出窓があって、アトリエにはふさわしい３畳のスペース。イメージ通りの小さな古びたコインランドリーも近くにあった。
俺は、迷わず即決した。

「アユム君、私を必要としてないから」事件からもようやく立ち直り、希望に満ちて花見川プリンスハイムに引っ越して２日目のこと。
地元の横浜から遊びに来たオイピーっていう友達と、まだダンボールだらけの部屋で、コンビニ弁当を食っていたときのことだ。
ドン！ドン！
壁をパンチする音が聞こえてきた。
「なんだ？ 今、壁たたかれたよな」
「そう？ わかんねぇ」
「気のせいかな。まぁ、いいや。そんでさ.....」
なんて話していると、今度は、
ガツン！
壁を足で蹴ったな、と思われるサウンドが部屋中に響いた。
うるさいのかな？

でも、まだ時間は夜の８時。会話の声も大きくないし、ＣＤもビリージョエルだから、決して大音量ではない。
「まぁ、一応、小さくしとくべ」
「いくら何でも、これで怒ることはねぇーだろー。勘違いだよ、きっと」
俺たちは、念のためＣＤのボリュームを落とし、声を小さくした。
それから１分もしないうちに、
ドォーン！と壁にタックルする音が響き、
「うるせぇ――――――ぞ！」
って絶叫とともに、タッタッタッと、廊下を走る音が聞こえたかと思うと、ガシャと俺の部屋のドアが開いて、
「てめぇ、ナメテンノカ、オラー」
と叫びながら危険なオヤジが現われた！
だ、だれ？な、なぜ？
ぶちきれテンションで、玄関から靴を履いたまま入ってこようとする。
超びっくり。
おいおい、不法侵入だろ、それ.....
まじ、殺されちゃうんじゃないか？やばい、やばすぎる！と思って、
「てめえ、入るなよ」と俺は、オヤジの肩をつかん

でドアの外に押し戻して応戦。

オヤジも、応戦してくるとは思ってなかったみたいで、一瞬ひいて、

「おめえ、うるせえよ」

すかさず、俺はそこで作戦変更。

「すいません」と、大きな声であやまった。

出来るなら、隣人とは仲良くやりたいと思ったからだ。

しかし、結局はそうもいかなかった。

愛称 **「スネちゃん」**

まさに、ドラエモンのスネオがそのまま中年になっちゃった感じ。

身長１６０センチ、やせ型。

口をとんがらかして、つり上がった目をした、四十代のおじさん。
小声にも反応して、突然怒り狂う、単身赴任のヒステリー狂人おやじ。
その後も、彼は爆発し続けた。
ガールフレンドとエッチしているときでさえ、
「おめえ、いつまでも、エロビデオ見てるんじゃねえ！」と、スネちゃんは勘違いして大声でどなりながら、ドアをガチャガチャ開けようとする。
「エロビデオじゃないんだよ。**本番なんだよ**」
と俺もバスタオルを腰に巻いて、応戦。
「そ、そうか」スネちゃんたじたじ。そそくさと退散。
なんて、勝利したこともあったが、彼の爆発は止まらなかった。

受験も頑張って、せっかく念願のひとり暮らしを始めたと思ったら、いきなりこれかい…
こうして俺のひとり暮しライフは、波乱の幕開けとなった。

STREET SINGER

〜アパートがダメなら街で歌おう！〜

ひとり暮しを始めたばかりの頃、夜がとってもロンリーだった。
彼女はいないし、千葉にはまだ、一緒に夜遊び出来るような友達もいない。バイトもいいのがまだみつかんない。
大学から帰ってきて、毎日、独りぼっちでテレビばっかり見てるのも、妙にむなしい。
自然と、部屋でギターを弾いて歌うことが多くなった。
高校生の頃から、ナガブチツヨシが大好きで、ギターやハーモニカを弾きながら、ナガブチソングを熱唱していたが、ひとり暮しを始めてからは、オリジナルも本格的に創り始めた。
どんどん曲作りにのめり込んでいって、

思う存分、ギターを弾いて歌いたかった。

でも、さすがに毎日毎日、スネちゃんとバトルしてる訳にもいかない。
さだまさし風のポロポロポロン....みたいな曲を弾いていても爆発する異常な彼には、もう手段がない。

何か、いい作戦はないか？
もっと思いっきり、歌えるような方法がないかな？
部屋に防音加工をする？
いや、そんな金はない。
う～ん、やっぱり部屋で歌うのは無理か。
んじゃ、部屋以外に歌える場所は？
近くの花見川児童公園？
なんか夜の公園で独りでシャウトしてるのもなぁ。
ちょっと寂しいよな。
ホームレスとか、イチャつくアベックとかいそうだしな。
近くの小学校の校庭に潜り込むか？
無理無理、絶対、警備員に捕まる。
あとは～、駅？駅か！
そうだ、駅だ！

アパートがダメなら
駅で歌おう。

それから、駅での弾き語りが始まった。
花見川プリンスハイムから徒歩１０分の場所にある、
京成線の八千代台駅前。空港のある成田の近くだ。
八千代台は、典型的なベッドタウンで、団地が多く、夜には、おやじたちがどんどん帰ってくる。駅前は、駅ビルとバスのロータリーと商店街と飲み屋という平凡な風景。
歌う場所は、駅の東口と西口をつなぐ２０メートルくらいのきたねぇ地下道。**アンダーグラウンド。**
コンクリートの壁、チカチカする蛍光灯、下水が流れる排水溝。
だけど、そこは音響がすごく良くて、
いい具合にアコースティックギターと生声が響く。
ハーモニカの音色も、ホント、サイコー。
学校から帰って、夜までビールを飲んだりしながら家で過ごして、夜は地下道に行く。
ギターケースに座り、**茶髪、破れたジーンズ、グラサン**っていうスタイルで、毎日、歌うようになった。
自分で創ったオリジナルの歌「SHA-LA-LA」を何回も歌ったり、あとは、尾崎を歌ったり、ナガブチを歌ったり、浜省を歌ったり、ディランやブルース・スプリングスティーンやビートルズやクラプトンを歌ったり。シオンとかも歌ってた。
通りすぎるおやじはそんなもの全然わかってない。
尾崎の**「アイ・ラブ・ユー」**を歌っているのに、

「いいナァ、プレスリーか」と、そんなノリ。
ひどい。
最初は、誰にも聞いてもらえなかった。
まぁ、俺は家で歌えないから、仕方なくここで歌ってるんだ、と思えばいいんだけど、自分が歌っている前を、人が無視して通りすぎていくのは、
あんまり気持ちのいいもんじゃない。
たまに、警察官がきて、
「やめなさい。おばぁちゃんから、ここ通るのが怖いって苦情があったよ。市民の迷惑も考えなさい」
「あ、すいません」とか。
もうやめたくなっちゃうことも多かったけど、よく聞きに来てくれる、常連さんみたいな人達が、少しづつ出現してくるにつれ、俺はだんだん自信をつけていった。

１６歳の田舎ヤンキーで、永ちゃんのような髪型をした少年。
フリーターやってる２０歳の女の子２人組み。
いつも酔ってる自称「大企業の課長」というおじさん。
ノリのいい大学生。
イラン人複数。

集まってくれる人は多彩だった。
顔なじみの人が増えてくるに連れ、
始めた頃は「弾き」９割、「語り」１割だった「弾き語り」が、
「弾き」３割、「語り」７割くらいになっていった。
性別も年齢も地位も国境さえも超えて、みんなで地面に座り込んでビールとか飲みながら話したり、歌ったりしてた。
もう、路上に突然出現した飲み屋状態。
ほとんど毎日、繰り返してたけど、ほとんど毎回、メンツが違った。
ほとんど毎晩、知らない人と路上で飲んでた。

初めて逢った、酔っ払いのおじさんが俺と１６歳の矢沢命のヤンキー少年に話しかける。
「俺はなぁ、満員電車の中でも、会社で理不尽なことがあっても、なんで耐えていられるのかっていうとなぁ、一番の理由は、息子が成長する姿をみていくのが、楽しいからなんだよ。だから、おまえらも親孝行しろよなぁ」

「そうっすね」とちょっぴり大人な優しい俺。
「知ったこっちゃないすよ、そんなこと」と、正直なニセ矢沢。
「なんだとぉ！」とおやじ激怒。

話しは全然あわないんだけど、みんな笑ってた。
みんな **「そのまんま」** って感じでカッコつけてなくって。
怖そうな土方の人から、かわいいエレベーターガールまで、とにかくいろんな人がいて、その人達の仕事の話、家族の話、恋愛の話を聞いているうちに、
自分の世界が、
グーンと広がっていった。
たまに来るスナックのママさんにも、ずいぶん長い時間、「イイ男の条件」を聞かされた。
何か、聞いたこともないような話が多くて、自分が今まで生きてきた世界の狭さを実感した。
口論になってケンカしたり、警察に補導されたり、その日に出会った女の子と素敵な夜を過ごしたり。

とにかく、予想もしてなかった出会いやトラブルだらけの毎日。
そんな毎日がたまらなく楽しかった。

まさに、ストリートは俺にとって

「真夜中の人生教育の場」だった。

SHA-LA-LA
～地下道からあなたへ～

１日３度もキスをして　「好きだぜ」「好きよ」と言い合って
放課後の街ではしゃいでた
今は戻れない lonely happy days
おそろいのプロミスリングで　ふたりの気持ちつないでた
終わらない日々を信じてた
今は戻れない lonely happy days

woo 別れの夜　おまえ　泣いてたけど
悲しいのは俺も同じさ　胸が痛いよ

baby シャラララ　ふたりで　シャラララ
おまえと歌ったあの夜の　LOVESONG
カラオケルームじゃ　癒せない涙　ひとりぼっちでここから俺は唄う

おまえと暮らした毎日を　まぶたの後ろでなぞれば
胸によみがえる「ごめんね」の声
今は戻れない lonely happy days

woo 壁にもたれて　おまえのこと思い出す
逢いたいのは俺も同じさ　抱きしめてたいよ

baby シャラララ　ふたりで　シャラララ
おまえと飲んだね　あの夜の RUM COKES
流行のドラマじゃ　癒せない涙　ひとりぼっちでここから俺は唄う

baby シャラララ　ふたりで　シャラララ
おまえと笑い続けているはずだった
できることならば忘れたい笑顔　ひとりぼっちでここから俺は唄う

STREET LOVERS

～若すぎた同棲ライフ～

梅雨の雨がうざったい夕方だった。
今日は弾き語りいけないなぁ、なんて思いながら、学校から帰ってきて、アパートの階段を上ると、俺の部屋の前に大きなバッグを置いて立ってる女の子がいる。
誰だ？
ああ、昨日、弾き語りの帰りに泊まっていった、
かなり美人系ヤンキー少女のヒロコだった。
でも、なんで荷物持ってるんだろう？　まさか…
「オッス。どうしたの？」
「うん」
「今日、雨だから、弾き語りいかねぇよ」
「うん。そうだね」
「なに、これ。どっか行くの？」
「ううん。**荷物、持ってきちゃった。**
入っていい？」
「えっ？マジ？それって、」
「迷惑？」
「まぁ、そんなことないけど。まぁ、まぁ、とりあえず入れよ」

「うん」

どうしよう。きっとこれはおしかけ女房……
彼女のことは気に入ってたし、別に問題はなかったけど、あまりにも、いきなり。
部屋に入ってから、曖昧な返事をしていた俺も、
彼女の**「私、本気だから」**という言葉を聞いて、オッケー。
ヒロコ、１８歳。俺、１９歳。
ひとり暮しを始めて、まだ２ヵ月。
俺は、昨日逢ったばかりの女の子と、憧れだった同棲ライフをスタートすることになった。
とうとう、マジで同棲が始まっちゃうのか……
ふふふふ….　ナイスな展開。
俺とヒロコは、これから始まろうとしている二人のバラ色の生活を一晩中語りながら、素敵な夜を過ごした。

が、　やっぱり何かが違っていた。
二人の間に何かが欠けていた。
すべてが新鮮で、憧れていたとおりのつぶつぶオレンジな毎日が続いたのは、最初の数日だけだった。
１週間もすると、二人で暮らしていることに、疲れてきた。
なんだか、小さなことが気になりだし、くだらないことで、すぐにイライラしている自分がいた。
自分勝手に、見たいテレビを見たり、聞きたいＣＤを聞けない

ことや、レンタルビデオでも、借りるビデオを相談しなくちゃいけないこと。
寝たい時間や起きたい時間が、お互いに違うのに、それを許さないワンルーム。
毎日、寝返りも打てない小さなシングルベッドに、二人で眠ること。
独りっきりで曲を創る時間がゼロになっちゃうこと。
友達と自由に遊べなくなること。
弾き語りにいく回数が減ってしまうこと。
イライラや不安や二人の心のミゾを埋めようとするために、繰り返されるエッチ。

すべてが嫌になってきた。

狭いワンルームに二人で暮らすこと自体に無理があったのかもしれない。
まだ、俺に女の人と暮らせるだけの余裕がなかったのかもしれない。

もうこれ以上、一緒にいれない……

でも、俺はなかなか言い出せなかった。
家族の大反対を押し切って、俺との生活をヒロコは選んでくれたんだ.....
でも、いずれは別れる日がくる.....早く言わないと....
若すぎる同棲ライフは、長くは続かなかった。

「おれたち、もうダメみたいだ。ごめん.....」

まだ梅雨もあけ切らない６月の夜、近くの公園のベンチで俺はヒロコに気持ちを伝えた。
ヒロコは、黙って泣いてるだけだった。なにも言わなかった。
もう、すべて、わかっていたみたいだった。
アパートの階段の下で、涙まじりに
「部屋のカギ返さなきゃね」って言われたとき、
いろんなことが頭の中にフラッシュバックしてきて、俺も思わず涙がこぼれた。
明るく振る舞おうとして、顔をくちゃくちゃにして、無理やり笑ってたヒロコ。
「ごめん」しか言えない俺。

TOO YOUNG TO BE TOGETHER......
久しぶりに独りで過ごすアパートの部屋は広くて...
ボブディランの歌詞が、胸にしみた...

STREET CHILDREN

～３人の新しい友達ができた～

お昼の人生教育の場であるはずの大学はクソつまらなかったが、大学でイカした友達が３人も出来た。
そして、俺達は４人で、

「AIDS」（エイズ）

というロックバンド？ を結成した。
さて、ここで、メンバーを紹介しよう。

メンバー紹介

FIRST CHILDREN

まずは、すぐに女を喰おうとする**アニマル大輔。**

通称「大輔」（１８）

分類：茶髪系ロックミュージシャン

性格：エロ&ノリノリ

アイドル：内田有紀（⇒榎本加奈子）

バイト：モスバーガー

顔：怪獣系

たばこ：キャメル

寝るときのかっこ：ジャージ

楽器：ベースor**ドラム**

大輔とは、語学のクラスが同じだった。クラスで２人だけの茶髪仲間。しかも、大輔は高校時代からずっとバンドをやっていたミュージシャン。好きなジャンルは違うが、音楽の話で盛り上がり、意気投合。それからも２人で飲み歩き、酔っ払っては、電車の中や駅のホームでゲロをはきまくり、スナックの看板を蹴飛ばし、千鳥足で逃げ、道路で寝たりしていくうちに、マブダチになった。

SECOND CHILDREN

次は**酒豪セイジ。**

通称「セイジ」（１８）

分類：酒豪

性格：とにかく酒好き／体毛が濃い

アイドル：興味なし

バイト：塾の講師

顔：ウサギ系

たばこ：セーラムライト

寝るときのかっこ：トランクス or ヌード

楽器：キーボード

セイジとは、大学の喫煙コーナーで話したのがきっかけ。セイジも高校時代にキーボードをやっていて、音楽センスはバッチリ。みんなで、授業をサボって学校の軽音楽部の部室に忍び込んで、楽器を弾きながら歌ったり踊ったりしているうちに、仲良くなっていった。ちなみに酒を飲んだ時の口癖は、「おまえそれだけの男か！もっと飲めるだろぉ！魂見せてくれぇ！ゲロォー！」だ。怖い.....

THIRD CHILDREN

最後に、**女に弱い,けんた。**

通称「けんた」(１８)

分類：典型的なキャンパスボーイ

性格：良くいえばシャイ。
悪くいえば弱気。

アイドル：桜井幸子(⇒菅野美穂)

バイト：歌舞伎町のカラオケスナック

顔：ジャニーズ系

たばこ：マイルドセブンＦＫ

寝るときのかっこ：パジャマ

楽器：タンバリン

情熱のタンバリニストけんたとも、語学のクラスが同じだった。彼はバイト先だけでなく、自宅にもタンバリンを常備しているほどのタンバリンフェチ。その技は人々のタンバリン観を一瞬にして変えてしまうほど、すさまじい。しかし、タンバリンを手から離した途端、弱気なキャンパスボーイに変身してしまうけんたとは、クラスの飲み会の帰りに語ったのがきっかけで仲良くなった。さまざまなトラウマをあわせ持つけんたは、後に精神世界への道を進む。

弾き語りに行かない日は、俺のアパートに３人が遊びに来て、魂のロックバンド「ＡＩＤＳ」初ＬＩＶＥへ向けての練習や打ち合わせに励んでいた。

アユムのＡ、今井（けんた）のＩ、大輔のＤ、セイジのＳでＡＩＤＳという安易なネーミング。

でも、実態は３人のバンド。

けんたのタンバリンはＬＩＶＥでは聞こえないので、けんたは出場辞退。**幽霊メンバー。みそっかす。**

俺達３人は、けんたを残して軽音楽部主催のキャンパスライブに出場した。

ＡＩＤＳの曲目は、最初、ＢＥＮ・Ｅ・ＫＩＮＧの**「スタンド・バイ・ミー」**＆クラプトンの**「ワンダフル・トゥナイト」**＆Ｔ－ＢＯＬＡＮの**「離したくはない」**。そして、**「おまえといつまでも」「ＢＯＯＧＹ－ＷＯＯＧＹ－ＣＨＥＲＲＹ」**というオリジナル２曲。尾崎豊の**「アイ・ラブ・ユー」「シェリー」**。そして、最後に、ビートルズの**「オブラディ・オブラダ」**という統一感のみじんもない１００％エゴに走ったラインナップ。

５０人くらいのお客さんを前に、俺達はハジけていた。

みんな、スーパー感動してるぜ.....

ちょうど、大好きだった尾崎が死んでしまったすぐ後だった。

「みんなの心の中に、尾崎はいつまでも生きていると思います。

じゃあ、次の曲は.....尾崎豊で「アイ・ラブ・ユー」....」

そんなＭＣをしながら、ボーカルの俺はステージ上でマジで涙を流してた。
ボーカルの俺が泣きながら歌っているのは、まだわかる。
でも、なぜ、キーボードのセイジやドラムの大輔まで泣くかな……
普通、泣くのはボーカルの特権だろ！

なぜ、おまえらが泣く！？

客は泣いてないのに、演奏している俺達３人は泣きまくりだった。
この涙の初ＬＩＶＥが終わった途端、ＡＩＤＳは惜しまれながら**音楽活動を休止**することになり、俺達４人は活動の舞台を飲み会に移した。

STREET RIDER
～ストリート最強のバイト「ピザーラ、お届け！」～

ＡＩＤＳの初ＬＩＶＥが終わって数週間後、ある暑い夏の日、俺は２０歳になった。

この頃、相変わらず派手な茶髪だった。
だから、どこに行ってもバイトが出来ない。
ファーストフード、ファミレス、コンビニなどの無難なバイトは全部、断られちゃう。
家庭教師や塾の講師は、おいしいけど、ガラじゃないからダメ。
茶髪歓迎のカラオケボックスやライブハウス、ＣＤショップ、レンタルビデオなどのおいしいバイトは、いくら探してもバイトの空きがない。
やばい。生活できない。
持ち金が１０００円をきるたびに、土方、引越しバイト、登録制の着ぐるみバイト、千葉ロッテマリンスタジアムの清掃などの臨時のバイトをして、なんとか生き延びていたが、やっぱり定期的なバイトをちゃんとやらないと、**明日が見えない。**

そんな中、俺を温かく迎えてくれたのは、

「ピザーラ津田沼店」だ。

そこには、熱い世界が待っていた。

まず、デリバリースタッフの**９割が茶髪。**

さらに、ほとんど全員が**ケンカ魔**か**バイク魔。**

そして、たったひとつの絶対的なルール。

先輩も後輩も、過去もルックスもなにも関係ない。

とにかく、**ピザ届けるのが早い奴が「神」。**

そういうシンプルな世界。

早い奴は、１回のデリバリーで５枚以上は平気で持っていく。

それでも３０分以内に全部届けて返ってくる。

遅い奴は、１回１枚。それでも、道に迷って遅れたりする。

道を良く知っていて、バイクの運転の早い奴が枚数を稼げる。

毎日、営業終了後に集計される**「毎時（まいじ）」**と呼ばれる数字（平均して１時間あたりに何枚ピザを運んだか）によって、はっきりと**「自分の力」が示されてしまう。**

営業終了後、バイトのデリバリー同士が、

「おまえ、今日、毎時いくつ？」

「おまえはいくつだよ」

「おまえから言えよ」

「俺、３.７」

「よっしゃー！勝ったぜー」

「やっべー、マジ？　おまえいくつよ？」

「俺、４.２。ダッセーこいつ。超使えない奴。死ねよ」

とか言って、バトルしてる。さらに、

「負けた奴、全員分ラーメンおごりね！」
「最下位の奴、誰だ？ ジュース買って来いよ！ダッシュ！」
「おまえ、ホンット、おせぇーな。バカじゃねぇーの」
危険なワードがあたりまえのように飛びかってる。

バイト初日。
店のはじっこの椅子に座って、店長に渡されたマニュアルを読みながら、そんな光景をまのあたりにした俺は、心に誓った。
とにかく、ここでナメられないためには、毎時を出すしかない。
きっと、このノリだと、新人だからといって許されることもないだろう。
最初から、俺もこのバトルに参戦することになるに違いない。
やってやんよ！
最初っからトップとったる。
バイトは水、金、土と週３日。
今日は土曜日だから、次の水曜日まで後３日ある。
俺は日曜日はもちろん、月、火と学校をサボり、地図を買い、朝から晩までデリバリー範囲内の道を、自分の原チャリで走りまくった。目印になりそうな、公園や団地の場所を必死になって覚えたりした。
バイトする前から、ここまでやってくる奴はいないだろ。
俺が、最初っからトップになったら、みんなビビるだろうな。
へっへっへっへ。

明日が楽しみだ。

俺は、**楽勝！**の自信を胸に、水曜日の夕方、ピザーラへ向かった。

そして、水曜日、営業終了後。
俺の毎時、1.7枚。

惨敗。

トップは**「ワカサ」**っていう俺とタメの知能派バイクレーサー　**4.8枚**
2位は**「大森」**っていう超ナンパ野郎　**3.7枚**
3位は**「ショーさん」**っていうエリート中国人ヤンキー　**3.2枚**
最下位、**「俺」**っていう超使えない奴　**1.7枚**

言うまでもなく、**ダン凸ビリ。**
みんなに鼻で笑われる始末。
マジで**大いなる屈辱。**
トップとるまで、やったる。

何度か負け続けるうちに、俺は「負ける理由」がわかってきた。

負ける理由　その1
「3輪バイクならではのドライビングテクニックをマスターしていない」

宅配のバイクは3輪だから、グ――――ってコーナーのときにおもいっきり寝かせても、倒れそうになったら、足でポーンと地面を蹴れば復活する。と、いうことは、もっともっとすごいスピードでコーナリングが出来るんだ。

さらに、**コーナーに猛スピードで入っていって、リアのブレーキだけギュっと握って、ケツをくっと出してあげて、ハンドルきってカウンター当てると、キューーツとドリフトする。ドリフトが使えると、さらに早い。**

最初は、レースじゃないんだから、コーナーを曲がる早さなんて関係ないんじゃないの？ って思っていた俺も、大森の、

「1日にいくつコーナーを曲がると思ってんだ。１００や２００

じゃねぇぞ。最終的には、それがでかい差になんだよ」って言葉に感心して、ドライビングテクニックを磨き始めた。

負ける理由　その２
「ポイントになる道や橋を覚えてない」

ピザーラ津田沼店には、「カネヤン通り」（カネヤンという奴の家の前の通り）「村山」（村山さんという大きな家のある通り）「藤崎のオフロード」（藤崎交差点の近くにある砂利道）「ヤツ橋」（谷津という地区にある大きな橋）「３５７」（国道３５７号）などと呼ばれる、絶対に覚えておくべき道や橋が１５ほどある。信号の少ない最高の裏道である１５のポイントを中心にデリバリーのコースを組み立ててこそ、時間内で、１度に７件も８件も回ることが可能になるってわけだ。俺はしつこく先輩たちに質問しまくって、すぐに、それらのポイントを活用し始めた。

その頃、俺の働くピザーラ津田沼店は、一人当たりのデリバリーの効率が、全国に１００店以上あるピザーラの中で三位だといわれていた。
まわりの奴らの道に対する知識と記憶力とドライビングテクニックを見てると、それにも素直にうなづけた。
１週間に１度くらい注文がある客のことなら、たいてい知っていて、
「オイ、オイ、今日、津田沼ハーネストのアカギって奴の家、彼女来てたぞ！」

「あ〜、５０１号室のアカギでしょ。良く来てるよ、
あの**超ライオン系のブス**でしょ？」
「そうそう！マジ、ブルーだべ！」
「俺だったら、きついね。パス」
なんて、ずいぶん大きなお世話な会話が飛びかってる。
そんな恵まれた？ 環境のなかで、俺は、みんなに鼻で笑われながらも、確実に毎時を伸ばしていった。
「トップとるまでは、フルパワーかけるしかないっしょ！」と、弾き語りに行くのを完全にやめて、バイトの日数を週３から週５に増やした。
自分の成長が、はっきり数字に現われるのがすごく楽しくて、がむしゃらにやっているうちに、３ヵ月も経つと、並みいる強豪の先輩たちをブチ抜いて、俺は１、２位を争うレベルに達した。何度もトップをとった。
「おまえ、成長早すぎ。俺らの立場ねぇじゃんよ」
「タカハシ、熱いよ、おまえ」って、周りも一目置いてきた感じだ。
「まかせとけって。
魂のかけ方が違うんっすよ！へっへっへっへ」
「ふざけろ」
こうして、俺もやっと**クレイジーデリバリー軍団**の１員として、認められていった。

しかし、この店の毎日はデンジャー＆爆笑だった。

ヒラノって奴が、デリバリーを終えて店に戻ってくるなり、
「やべーよ」
「どうした？」
「いや、**おばぁちゃん、ひいちゃったよ**」
そんな、しゃれにならない話がしょっちゅうあった。
「カネヤン通りでさ、いきなりドリフトしてたらさ、壁におばぁちゃんがいてさ、壁とバイクの間におばぁちゃん挟んじゃったよ。」
「どうした！？ 大丈夫？」
「起き上がってたから、たぶん大丈夫だと思う」
「たぶん？ 逃げたの？」
「イヤー、逃げちゃった」**オイオイ。**

「サーフでトロトロ走ってる、むかつくアベックがいたからさ、バイク下りてさ、車にコーラ投げつけてきちゃったよ、デリバリーの」
「マジ？ 大丈夫？」
「カンケーねえ」**オイオイ。**

あるとき、新人でほんと、使えない奴が入った。
「子ヤンキー」と呼ばれる１６歳のヤンキー少年。
チビでカリフラワーヘアー。
ある土曜日の夜８：００、超ピークタイム。
オーブンの上にはピザが山積み。

みんな、店内を走り回ってるてんてこ舞い状態。
にも、かかわらず、子ヤンキーは「俺、迷っちゃいそうっすよぉー」とか言いながら、店内をウロウロしている。
俺は、キレた。
「うだうだ言ってねぇーで、早く行け！もし、道に迷ったら、店に電話すりゃ、誰かが教えてくれっから」
「ほ 〜 い」
「ふざけてねぇで、**は・や・く・い・け**」
「すいません」
それから2時間近くが経過し、もう、１０：００をまわっていた。
まだピークは終わらない。
猛スピードでデリバリーを終えて、店に戻り、次のデリバリーに出かけようとする俺に、子ヤンキーから電話がかかってきた。
「あっ、タカハシさんっすか。すいません、迷っちゃいました」
「えっ〜、おまえ、まさか、あのとき俺に行けって言われて持ってったピザ？」
「はい」
「オイオイ…。そんな冷えきったピザ届けたら、客に殺されんぞ、おまえ。いいから、早く帰って来い」
「え〜、でも.....」
「いいから。おまえよ、この忙しいときによ。とりあえず、今、どこにいるんだよ」
「迷いまくっちゃって、全然わかんないっす」
「周りに何がある？目印になるようなものとかないのか？」

「エーと、自動販売機」
「おまえ、バカか？ それじゃ、わかんねえよ。
そんなの１００万個ぐらいあんだよ！」
「あと、少し行ったところに白い家があります」
「白い家？ おい？ **それもわかんねえーんだよ！**」
ふっー。

そういう俺も、かなりヤバイことをし続けていた。
クリスマス前の１２月２３日。
すごいピザの注文が多くて、発狂しそうだった。
９件のピザを運んでて、途中、迷ったりして、最後の１件、電話があってから、既に**１時間２０分経過。**
マジ、ヤバイ。
このピザ届けたら、お客さん怒るだろうなと思って、確認のため開けてみたら、ピザがすげえ冷たくなってんの、チーズがカチカチに固まってる。イタリアンバジルってピザだったんだけど、イタリアって言うよりは、もう北欧とかロシア系。ツンドラって感じ。下手すりゃ、北極バジルだよ、こりゃ。はっはっはっは。
なんて**独りでウケてる場合じゃない。**
どうしよう？
もうダメだなと思って、**「食べちゃおう」と決断。**
団地の自転車置き場においてある子供の自転車に座って、

ぱくぱくぱくぱく食べて、伝票捨てた。
もう、ムチャムチャ腹が減ってたから、冷たくても本当においしかった。
普通なら伝票チェックがあるから、誰が運んだピザが行方不明になったかが、絶対ばれるシステムになっている。
バレたらクビだろうな！？ ま、いいや、と店に戻ったら、その日は、行方不明ピザが3枚もあったので、面倒だったらしく、店長も追及しなかった。
ほんと、ラッキー。
店長が帰った後、デリバリー4人で犯人探しが始まった。
まず、マルフという奴が俺を疑ってきた。
「アユム、なかなか帰ってこなかったとき、ピザ食ったろ。アユムの行くはずだった家からクレーム電話入ってたぞ。店長には内緒にしといたけど」

俺は観念して、素直に告白。

「はーい。僕でーす。うん、食っちゃいました。でも、今日、3 枚行方不明でしょ。まさか、おまえも食ったの？」

「いや、食ってねぇって」

「ほんとは？」

「食ってないよ」

「ほんとは？」

「食ってねぇって」

「最後ね。**ほ・ん・と・は？」**

「食った」

「てめぇ」

「わりぃ」

「なんだよ。やっぱな。てめぇも、クビだ、クビ！」

「まぁいいじゃん。バレなかったんだから。でも〜、んじゃ、あとひとり誰だ？」

俺とマルフは後の 2 人を攻めに攻めた。

「おまえだろ？」

「マジで違う」

「俺も、ほんっとに違う」

「俺らだって告白してんだから、言っちゃえよ」

「店長いないし、大丈夫だよ」

「俺、その**店長が店長室にピザ持って入っていくの見たよ**」

「マジ？」

「もしかして、あと１枚は.....」
「だから、追及しなかったのか....」
なんてこともあった。

一度、店長がいないときに店で飲み会をすることになった。
「今週の金曜～日曜までさ、店長いねぇんだよ。金曜の店閉めた後にさ、みんなで、**店で飲み会やろうぜ**」
「いいねえ、店で飲むなんて夢があるね」
「じゃ、みんな夜中、店に集合ね」
その飲み会は、荒れた。
まず、普段は飲まなくて静かな西郷隆盛を小さくしたような先輩、バイカー・ニノミヤが、
「今日、俺、はじけるよ」と宣言して、みんなの注目を集めた。
「店で飲むのって、きもちいいなぁ。さぁ、ここで、俺の人生で初めてのイッキをみんなに贈ろう！」
ヒュー、ヒュー！
「いいねぇ、いいねぇ。にーのみや！にーのみや！」とイッキコールが始まった。
みんなの歓声に答えながら、満面の笑みを浮かべているニノミヤさん。こんな明るいニノミヤさんを見たのは初めてだった。
俺も大声でイッキコールを送った。
「よし、やります」って勢い良く立ち上がった途端、ニノミヤさんは、床にこぼれていたビールで足をすべらし、後ろ側にひっ

くり返り、ガーンって壁に後頭部をぶつけて、

「あうあうあうあうあうあうあう」

と唇をカタカタ震わせながら、ぶっ倒れた！
口からは白い泡状のもの。みんな爆笑してるだけで、誰も助けない。助けるどころか、けっとばしたりしてる。
病んでる。
フルチンのまま、店の前の道路に飛び出して、通りすぎるタクシーに思いっきりクラクション鳴らされたりしてる奴もいる。
デリバリー用のコーラをシャッフルして、シャーツと店じゅうにまいたりしてる奴がいる。
酔っ払って、服のまま、洗い物用のステンレスの流し台に入って、頭から水をかぶっている奴もいる。
あまりにも、奇妙な光景にびっくりした俺は、ふらふらした足どりで、何とか流し台にたどり着き、そいつに話し掛けた。
「どうしたの？ なにやってんの？」
「いゃー、洗い物…」
「えっ？」
「いや、洗い物して帰らないと…。店長が帰って来たらやばいから…」

「おーい、おまえが洗われてどうする！」

そいつは、「あーあーあーぅーぅー」などと声にならない怪しいサウンドを発しながら、酔っ払ったまま、パンツ一丁で、バイクに乗って帰っていった。

「今日は正装だ」
と苗場プリンスでパクってきた浴衣で飲み会に参加してた俺も、ビール＆コーラまみれの浴衣を着て朝の渋滞の中を原チャリで帰った。

ピザーラでバイトしているうちに、
本格的にバイクにはまった。
最初は原チャリだったんだけど、みんなが２５０ｃｃとか、４００ｃｃとか乗ってるから、どこか一緒に遊びに行くとしても、俺だけ原チャリじゃ話にならない。
「よし、俺も単車に乗ろう」と、免許をとった。
それから、ピザーラの仲間と峠や港に走りに行くようになった。
それ以来、何度、死にかけたことか。
でも、どんどん、スピードを上げて突っ込んで行くのをやめなかった。
ブレーキレバー数ｃｍ。指の第一関節、動かすか、動かさないかで死ねるという世界。
自分の夢、自分の究めたいものが相変わらず見つからない俺。
エネルギーの向け所が、まだ見つかっていなかった。

バイクのもたらす死のスリルによってしか、「本気になる充実感」は味わえなかった。

バイクに乗って、ギリギリで走っているときだけ、

「俺は生きてる」

という感触を得ることが出来たんだ。

STREET CATS

～ちび猫のＰ助とスパルタ教育～

ピザーラとバイクに夢中になっていた頃、俺はひょんなことから猫を飼うことになった。
ある雨の日、眠い目をこすりながら２限目の語学教室に行ったら、**教卓の上にちび猫がいた。**
誰かが、雨の中でニャーニャー泣いているのを放っておけずに拾ってきたらしい。
トラ模様をした、生まれたばかりのちび猫。全長２０センチくらい。何かの病気らしく、目の回りに白い膜ができていて、目が開かないみたいだ。
「ちっちゃーい」
「かわいそうに、病気だな、このちび」と話していると、
先生が、まわりにいる人に言った。
「これ、誰かもらってくれる人いませんか。このままでも困るし」
ノーリアクション。誰も、もらえないらしい。俺もいらない。
「じゃー、この猫、しょうがないですね。拾ってきた人は、帰りに持って帰って、もとに戻しておいてください」
先生はいかにも面倒くさそうに言い放った。

もとに戻しておいてください？
この雨の中に？
俺は、先生の冷たい言い方に**カチン！**と来てしまった。
なにか、妙な正義感が煮えたぎってきて、
「それって、見殺しにしろってことじゃん。こんな病気のちび猫、雨の中に捨てたら、即死だよ」
って怒って言っちゃった。
それを聞いた先生は、声を荒立てて即座に反撃してきた。
「じゃあ、高橋君、飼いなさいよ！」
「え〜...」
「かっこつけて、そんなこというなら、自分で飼いなさいよ！」
「..........わかったよ、飼うよ」
やっべー。
別に猫が好きでもなんでもなかった。
まぁ、言っちゃったんだから、しょうがない。俺が悪い。
まだ、すごくちっちゃくて、病気になっていたから、帰りに犬猫病院に連れていった。
病院でも、
「ひとり暮らしなら、お金もかかるし、飼うの大変だから、やめなさい」と言われた。
確かに、保険も効かないので、膨大な治療費がかかる。もちろん、アパートで猫を飼うことも禁止されている。しかも、病気が直るまでは、ずっとそばにいてあげなくてはいけない。

問題だらけ。
でも、今さら引き下がるわけにもいかねぇ。
「いいんっすよ。とにかく、治療してくださいよ。お願いしますよ」と**半分やけ。**
１回、病院に連れていく毎に、薬代も入れて、少ない時で５千円、多いときで１万円くらいかかかる。それが最低でも、週に１回。具合が悪ければ、３回行くこともあった。
ピザーラのバイト代だけじゃ、全然足りない。
パチンコで治療費を稼ぐしかなかった。
そのころのパチンコは、まじ命懸けだった。
ホント、真剣そのもの。
このパチンコで負けたら、あいつ死ぬ。
と、パチンコで七連勝。奇蹟的だった。
ちび猫の名前は **「Ｐ助」。** でも、メス。
大学とピザーラを休んでの、気合いの看病の甲斐あって、１週間もすると、Ｐ助は少しづつ元気になっていった。
２ヵ月もすると、パッチリと目が開くようになり、毛もふさふさと生えてきて、Ｐ助は**スーパー美少女ネコに変身**した。
背中のリュックに入れて、ぴょこんと顔だけ出させて、商店街に買い物に行ったりした。
超かわいくって、通行人みんなから注目の嵐。
電車の中や、大学や、いろんなデパートに連れていって、いろんな人に見せびらかしていた。

世渡り上手なＰ助は、俺の部屋に遊びに来る人全員にすりすりすりすりして、

「かわいいー」っと誰からも愛されていた。

しかし、そのＰ助にも天敵があらわれた。

それは近所のガキンチョ、あっちゃん＆たかちゃんだ。

小１と小３の悪ガキ兄弟。

「岬くーんシュ――――――ト！」とか言いながら家の周りで遊んでいるガキのサッカーボールをインターセプトして、遠くにけり飛ばした俺に、

「てめぇ、ふざけんなよ」と殴りかかってきたのが、あっちゃんとたかちゃんだ。

それから、３０分ほど、路上でプロレスごっこ。俺は、４の字

固めとか、コブラツイストとか、さそり固めとか、大人げもなく、二人に大技を掛けまくった。
それ以来、俺とあっちゃんとたかちゃんはマブダチになった。
俺はアパートの鍵をなくしちゃってて、部屋はいつも開けっぱなしだったので、俺のいない時でも、ガキ共は勝手に俺の部屋に出入りしていた。
そんなある日、家に帰ってきた俺を、すさまじい光景が待っていた。
ひと仕事終えて、満足そうな顔をして座るあっちゃんとたかちゃんの横には、
俺のネクタイでグルグル巻きにされ、ベッドに縛り付けられたＰ助。
ぐったりしてる。
「あ～あゆむにいちゃん、おかえり」
「てめぇら、なにやってんだよ！」
俺はダッシュで、Ｐ助に巻き付けられた、俺のイタリア製のネクタイをほどいた。
Ｐ助は**にゃ～ん、にゃ～ん**っと、恐怖の大きさを物語るようなかぼそい声で、しぼるように泣きながら、ハシゴを登り、ロフトの奥に消えていった。
「Ｐ助が悪いんだよ」
「そうだよ、おしおきしたんだよ」
二人は口をそろえていった。
「なんでだよ。なんでＰ助が悪いんだよ」

「だって、こいつ、トイレの水飲んでたから」
「トイレの水？ 便器に頭突っ込んで？」
「うん」
「マジで？」
「ねぇ、Ｐ助が悪いでしょ」
「ねぇ、Ｐ助が悪いでしょ」
う〜ん。なんとも言えん。
こんな調子で、Ｐ助はあっちゃんとたかちゃんのスパルタ教育によって、すくすくと成長した。

しかし、遂に、Ｐ助の存在が大家さんにばれてしまった。
恐怖の隣人、くそスネちゃんが、ちくりやがった。
大家さんは完全にキレていて、もう、弁解の余地はなかった。
１年以上暮らした、ロフトの素敵な花見川プリンスハイム。
スネちゃん、ヒロコ、あっちゃんとたかちゃん、弾き語りをしていた八千代台の駅。
思い出がいっぱい。
花見川プリンスハイム２０３号室。
強制退室。
Ｐ助と一緒に次なるアパートへ。

STREET FIGHTER

～V.S.本職～

プリンスハイムを追い出されて、次に住んだのが、

「幕張ビューハイム３０２号室」。

幕張。そこはまさにデンジャーゾーンだった。

１階がローソンで、俺の部屋は３階にあった。

すぐ近くに **「ナンパ橋」** はあるわ、**「ゼロヨン会場」** はあるわで、夜になればローソンの周りには、ナンパ橋＆ゼロヨン帰りのヤンキーたちがいつも、うじゃうじゃたまってた。

まだ、道路にゼブラ入ってなかったから、ゼロヨンも全盛期だった。

シャコタン関係とか、もうすごい。

走り屋とか、族系ばっかり。

俺もノリ的には、

「ケンカが怖くて男と言えるか！」 というノリだったから。

「やっちゃうよ、いつでも」みたいな臨戦態勢。

その頃、自慢の**ＳＲＸ４００初期型**に乗ってて、幕張の道を**バルバルバルバル**ってシングルサウンド響かせて彼女とニケツで走っていたら、二人の酔っぱらいが路上に出てきた。
邪魔だなと思って、**ププププッ――――**とクラクションを思いっきり鳴らした。
「あぶねぇ、酔っぱらいだな」なんてつぶやきながら、信号待ちしてたら、後ろで、**キュキュキュ　――――ッ**とホイルスピンの音。
振り返るまもなく、いきなり俺のバイクの目の前に車を止められて、中から、超怖い、二人が飛びでてきた。さっきの酔っぱらいが追いかけてきたらしい。

つるっぱげと、太った白いスーツ。

「ヤベエ、ただの酔っぱらいじゃねぇ、ヤッちゃんだったのか。

先に言ってよー」って感じ。
リアシートに彼女を乗せてたし、ビビりまくってた。
とにかく彼女を逃がさなきゃ。
向こうにモスバーガーが見えたから彼女に、
「モスへ逃げろ！」
俺は、走り寄ってくる二人にヘルメットをガバッととられて、
「オマエ、フザケンナよ」
超、怖いのよ、ホント。
とにかく、2人の片手だけ抑えて、あとはいくら殴られても耐えていた。
なんとか彼女がモスにたどり着くまでの我慢。
その後は**思う存分ボコられよう**。
急所だけは蹴られないように、あと、倒れないように。
倒れちゃうと、ケリがはいっちゃうから怖い。
それだけ気をつけて耐えていた。
すると、**つるっぱげからナイフ**がでてきちゃった。
後ろを見ると、車三台くらい来てるのに、誰も降りてこない。
もっと後ろの車は、びゅんびゅんターンして帰っていくのが見える。
ナイフがでちゃったから、
「手離せ」と言われて、
「はい」
「ふざけんなょ」
「すいません」

もう2人がかりでボコボコにされていた。
モスバーガーから通報がはいって、ウイ――――ンとサイレンの音、ヤッちゃんの車から、水商売風の女が出てきて
「やめなよ、もうそろそろ。許してやんなよ」
「助かった」
彼らが車でいなくなると、俺、ばたっと倒れ込んだ。
なんとか立ち上がって、モスバーガーにはいって、
「すみません、顔、洗わせてもらえますか？」
鼻血、ドクドク流しながら。
「大丈夫ですか？」って店員さん。
「いゃあ、かなり大丈夫じゃないっすよ」
モスバーガーは、きゃぴきゃぴした雰囲気だったのに、俺が入っていたとたん、超シーン。みんな青い顔してた。

幕張に引っ越してからというもの、意味もなく、バトることが何度もあった。
数々の敗北を繰り返すうちに、俺はストリートファイトのコツを少しづつマスターしていった気がする。
全然、マスターしたくないけど。
暴力反対。

STREET DRUNKER

～伝説の飲み会　IN　俺のアパート～

俺の引っ越し祝いをやろうと、男６人、俺の部屋で飲み会をやることになった。
近所の酒屋に買い出しに行って、スーパードライ、ジンロ、スーパーニッカ、アーリー、酒をしこたま買い込んだら、レシート、**いきなり３万円。**
とにかく、荒れまくり、飲みまくりの大騒ぎ。
エネルギーを持て余した２０歳前後のバカ６人で、どれだけ飲めるかをひたすら勝負し続ける、非生産的な飲み会。
「おめぇ、**男なら飲みで魂見せてみろや**」
「じゃ、見せてやっから、耳の穴かっぽじって良く見とけや！」
ごくごくごくごくごく———っとイッキ。
ふう———。
「おりゃ。今度、お前だぞ。アーリー、ビンごといっとけ」
ハイハイハイハイハイ、ビンダビンダビンダァー、
びんだびんだびんだぁ———！
延々と続く。

「これイッキすんの、辛いよー」
なんてちょっと言おうものなら、すぐ挑発。
「やっぱ、アユムさんは**それだけの男**なんですか？」
ぷつっ。 頭の中で何かが１本キレた。
「見せてやんよ。男の飲みってヤツをよぉ」
アーリーと、サントリーカクテルバーのバイオレットフィズと、
ビールが、ミッキーマウスの大きなグラスに満タン。
ゴクゴクゴクゴクゴクゴク――――ッ、ぷぅー。
信じられないほど、マズイ。
「自分！イチゲロいかしてもらいます！」
ゲッー、 みたいな世界。
ゲロとか、そこらじゅうでみんな吐きまくり。
もう、**地獄絵巻。**
「俺の部屋なんだけど…」なんて言う余地もない。
Ｐ助も怖がって、ベッドの下から出てこない。
俺の後輩で、チェリーって呼ばれてる、横浜でヤンキー少年達の親分やってる奴が、いきなりベランダに出て
「おれは悔しいんだよ！」 と絶叫してる。
何が悔しいのかもわかんねぇし、みんな最初からシカトしてた。
それが失敗だった。
彼が**柔道２段のパワフルモンスター**であることを、みんな忘れていた。

朝の4時ごろ。脱落者3名。生存者は俺と弟のミノルと数時間ぶりにベランダから戻ってきたチェリー。

ピンポンピンポンとベルがうるさく鳴るから、

「何だょ、この時間によ」

「誰だよ」

「誰でちゅかぁ――！ああああ ―――！」

みんな、超ハイテンションで玄関を開けようとしたんだけど、すぐわきには、ナルって奴（筑波大学ラグビー部でフッカーやってる巨体）が倒れてて、ドアが開かない。

ナルを足でどかして、やっとの思いで、ドア開けたら、

いきなり**警官2人。**

「おまえら、何やってんだ、このやろう」

超ヤクザばりでテンション高い。

「エー、飲んでるんすよ。なんで？

なんで警察が来るんっすか？」

酔っぱらいながら答える。

「うるせぇ。とりあえず、中入るぞ。薬とかやってないだろうな？」

「やってないっすよ」

「とりあえずどけ」

警官がダダッと入ってきて、廊下を歩いて、奥の部屋に行こうとした瞬間、廊下に倒れているワカサっていうピザーラの友達

が、**膨大な2リットルくらいの寝ゲロ**を吐いた。あたりはみるみるゲロの海状態。
不運なことに警官はよけきれず、そのゲロ海の中に足を

ぷちゅっ

と突っ込んでしまった。
「きたねぇ！」と警官が叫んだ。俺がすかさず後ろから、

「スリッパ、使います？」

「うるせぇ」と警官はマジ声になって、足をプルプルってしながら、ゲロをはらってた。
もう、俺達、笑いをこらえるのに必死。心の中では巨爆笑。
部屋の中も、負けずにゲロの海で、その警官はさすがに中に入るのをあきらめた。
「で、どうしたんですか？」と俺が聞くと、

「どうしたじゃない。
クーラーの室外機を外に投げただろう。今、通報があった。ここは３階なんだぞ。当たったら、人、死んでるぞ。
とりあえず、全部拾ってこい」
「え～？ そんなことやってないっすよ」
「じゃ、ベランダ見てみろ！」
窓を開けて、ふっとベランダを見たら、ベランダの物干し竿が折れてる。隣の部屋のベランダと俺の部屋のベランダを仕切っているパネル（「非常の場合はこの板を～～～～」とか書いてあるシールが貼ってあるやつ）が蹴り破られてる。
さらに、クーラーの室外機が下の道路で砕け散ってる。
なにこれ？ 誰？？？
まさか、チェリー.....おまえしかいねぇよな....
まだ、元気だった俺と弟のミノルは、急に低姿勢になり、
「すんません」と外に出て、グチャグチャに壊れた室外機を部屋まで運んだ。
一人、まだテンションの高いチェリーが
「警察なんか、関係ねぇんだよ。帰れよ。アユムさん、こんなアホウに謝ることねぇっすよ！」とブチキレてる。
黙れ、黙ってくれ、チェリー、と俺は祈った。
その横で室外機を運び終わったミノルは、いきなり土下座して、
「すいませんでした。許してください」
ミノル、土下座。
チェリー、悪口言いまくり。

警察もどっちを信じていいんだか、わけわかんなくなってる。
何とか、謝って、しっかり、怒られて、警官には帰ってもらった。
その瞬間、３人とも疲れ果てて爆眠。
昼間、バリバリの二日酔いで目を覚ますと、張本人のチェリーが、**爽快な顔でジャムパン食いながら「このジャムパン、超うまいっスよ」**とか言ってる。
俺、たまらず **「てめえ、ぶち殺すぞ」** とつぶやいた。

その日、ベランダをぶち破られた隣の家から、当然のごとく、不動産屋に苦情。
警察からも連絡が入って、その時点で、

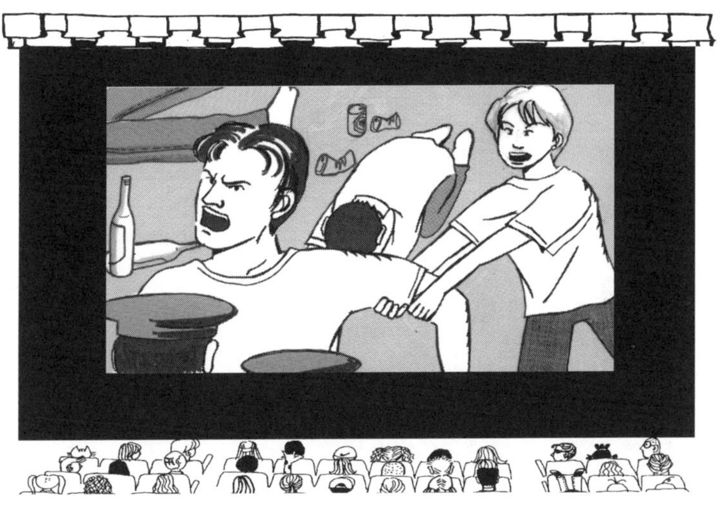

またもや強制退室、決定。

めんどくせぇー、また引っ越しかよ……

究めたいことも見つからず、エネルギーをもてあましていた俺は、STREETで暴れまわっていた。
たまに襲ってくるブルーな夜に、自分の将来を思って不安になることもあったが、「大丈夫、大丈夫、究めたいことなんて、そのうち見つかるって」と自分を励ましながら、カッコよく生きる明日の自分を夢見ていた。

第3の冒険 SHOUT & PAIN

地獄の成功哲学合宿から生還！

夏が来て、21歳になった。
新しいアパートでの生活も落ち着き、
新しい彼女も出来た。

STARTING
〜成功哲学ワールドへのお誘い〜

「イェ―――――イ！」
念願の新しい彼女が出来た。
一色紗英×３くらいの可愛さを誇る偉大なる美少女、サヤカ（２０）だ。
大輔の紹介で知り合ったサヤカは、
俺にとって**「恋の終着駅」**だ。
同棲はしなかったが、毎日のように会って、イチャイチャイチャイチャイチャイチャイチャしていた。

まぁ、それはいいとして。

ある日のこと、けんたと俺はピザーラのバイト仲間であるワカサに誘われて、何を思ったか、成功哲学の講義を聞きに行くことになった。
「成功哲学？なにそれ。うさん臭せぇ」なんて言っていた俺が、わざわざ行こうと思ったのには訳がある。
実は、俺を誘ったワカサという奴はピザーラ津田沼店トップの最速デリバリー野郎で、すごい毎時をだす奴だった。悔しいが、俺もめったに勝てなかった。
「ピザを運ぶのが早い＝神」というピザーラ津田沼店ワールドでは、ワカサの権力＆信頼度は絶対だ。
あいつが「おもしろいぜ！」って言うなら、一度行ってみるか。
大学の授業の帰り、けんたと俺は、ピザーラの店の前でワカサと待ち合わせ、中央線「阿佐ヶ谷駅」のロータリーのわきのちょっと怪しいビルの3階にあるセミナー会社のオフィスに行った。
オフィスの中は、３０人分くらいの椅子がズラっと並べてあって、前にホワイトボードがある、いわゆるセミナールーム。
そこで、成功哲学の講義を初めて聞いたんだ。
１０分経過.....う〜ん、つまんねぇ〜
３０分経過.....なるほど、なるほど。
終了後............

熱い...

不覚にも、俺は、とびきり感動してしまった。
講師の話が終わった後、俺は熱い拍手を贈っていた。

けんたなんて、手の平の骨が折れんばかりの拍手をしていた。
正直なところ、自分自身でもなぜ感動しているのかは、良くわからなかったが、「人間には無限の可能性があるんだ！」的な熱い話にしびれてしまっていた。
「なんか、人間ってすげぇな！」
「まじでまじで！」
なんて、いとも簡単に熱くなってしまう俺達は、講義の後にセッティングされていた**エリート営業マンの絶妙なトーク**にコロっとオチた。

「君、ワカサ君の友達だよね？名前は？」
「はい。タカハシアユムっていいます」

「高橋クンか、いやあ、

キミ、いい瞳してるねえ」

「いやいや、そんなことないっすよ」

「君、何か叶えたい夢とかってはっきりしてる？」

「いや、今はそんなにはっきりしたものはなくて。どっちかっていうと、今、探してるんですけど…」

「そうか、じゃあ、漠然とでもいいから、こんな人になりたいっていうようなイメージはある？」

「いや、今はただカッコいい生き方をしたいとかっていうのしかなくて。**何か、究めたいことが見つかれば、俺だって絶対に成功できるのにぃ！**

みたいな自信はあるんですけど…」

「えっ、なんで？なんで自信があるの？」

「なんでって言われると….特に根拠はないんですけど…ただなんとなくっていうか….」

「じゃ、その究めたいことが見つかった時のために、何か今から準備とかってしてるの？」

「いや〜、特にしてないっすけど….」

「それはよくないな。何か準備をしときたいって思うでしょ？」

「まぁ、そう、ですね….でも、準備っていっても….いまいちイメージが湧かないんですけど…..どんなことなんですかね？」

「うん。そういう、高橋クンみたいな、熱いエネルギーはあるけど、何をやっていいのかはっきりわからないっていう若者のために、うちで**2泊3日の集中合宿**をやってるんだ。

ちょっと高いけど、もしよかったら、高橋クンも参加してみないか」
「でも....いくらぐらいするんですか？」
「うん。**１０万円ちょうど**」
「げっ」

高けー！

「高いよな。ウン、俺も最近まで学生だったからわかるよ。ウン。でもな、**後で手に入れる成功を考えたら、俺自身は安いと思ってるんだ。**それくらい内容は濃いよ。その証拠に、合宿に参加して、もし万が一、内容に不満があれば、１０万円は全額返済されるシステムになってる。もちろん、無理には誘わないよ。でも、高橋クンにはピッタリだよ、絶対に。俺が保証するよ。ぜひ行こうよ！」
「でも...それって、納得いかなければ、本当に全額返済されるんですか？」
「ああ。それくらい内容には自信を持ってる」
「その合宿って、どんなことするんですか？」
「それは残念だけど、話しちゃいけないことになってるんだ。ただ、１つ言えるのは、さっき高橋クンの話していた“究めたいものが見つかれば俺だって絶対に出来る”っていう自信をもっともっとレベルアップするための合宿だ」
「へぇー、そうなんだ。でもなぁ......」

“自信をもっともっとレベルアップ”という言葉に妙に誘われた。
でも、やっぱり１０万円は高いよな……
「成功するためには、決断力が一番大切なんだ。行くにしても、行かないにしても、
ここで、たった１０万円がズバっと決断出来なくてどうする！
近い将来、もっともっと大きなことをズバっズバっと決断していかなくちゃいけないんだぞ！」
「ん……….」
営業マンは急にテンションを上げて大声で迫ってくる。
はっきりいって、俺はのまれていた。
「いいのか？こんなチャンスめったにないぞ！後で手に入れる成功の報酬を考えたら、１０万円くらい安いもんだろ！そう思わないか！」
「ん……..そうっすね。わかりました。
俺、行きます！お金も何とかします！」
「よし！良く言った！一緒に頑張ろうな！」
「はい！」

と、いうわけで俺は２週間後の週末に行われる成功哲学の合宿に参加することになった。

アパートに訪ねてくる宗教の勧誘にもすぐ引っかかりそうになるけんたのことだ。

言うまでもなく、もちろんGO！
俺とけんたはセイジが車を買うために貯めていたお金を一時的に借りて、申込を済ませ、わくわくしながら当日を待った。

当日、金曜日の夜8:00。
オフィスに集合したメンツは総勢１６名。
全員、男。
ほとんどが大学生で、同年代の社会人が３、４人。
３０歳前後の男性３人のインストラクターが紹介され、これから始まる成功哲学合宿にむけての「参加の心得」が発表された。

１、一生懸命にやる
２、積極的にやる
３、**素直**にやる

インストラクターの人達が、３番を妙に強調しているのが少し気になったが、まぁ軽くながしていた。
「じゃ、さっそく始めよう。本格的なメニューに入る前に、まずは自己紹介をしてもらう。はじから順番に、前に出て、自分のことについて１人１０分間話してくれ。１０分以内じゃなくて、１０分ぴったりだぞ。おまえからだ、ハイ、前に出て。」
いきなり。俺、１０分間も話すことねぇよ.....
１０分間の自己紹介なんて、聞いたことも、したこともない。

１人１０分で１６人。

この**スーパーロングな自己紹介**は、３時間近くも続いた。

GAME 1
「ホメロセメロ」

やっと全員の自己紹介が終わると、３人のインストラクターによって、全ての椅子が片付けられ、本格的な合宿のメニューが始まった。
俺達１６人を最初に待っていたゲームは「ホメロセメロ」というゲームだ。
ルールは単純。
まず、真ん中にひとりを立たせて、１５人が円になってそいつを囲う。
インストラクターの

「ハイ！ほめろ！」

という合図で、一斉に真ん中に立っている奴のことをみんなでほめ始める。３分くらい、１５人がかりで、とにかく１人をヨイショしまくる。顔から、髪形から、洋服から、自己紹介のときに聞いた過去のことまで、とにかく何でもいいからほめまくる。

「ハイ！せめろ！」

っていう合図があったら、突然、反対にケナしたり、悪口を言いまくる。真ん中にいる奴は、何を言われても、いくら頭にきても、絶対に口を開いてはいけない。もちろん、暴力をふるってもいけない。
ただジッと黙って聞いてるだけ。
そんなふうにほめたりせめたりを、合図によって何度か繰り返す。1人につき20分以上。
最後に、

「ハーイ！交代！」

という合図があったら、真ん中に立つ奴が交代する。
まさに、**15 VS 1のイジメゲーム。**

俺の出番は4番目だった。
「ハイ！ほめろ！」
インストラクターの合図とともに、一斉に15人の男達が俺をヨイショし始める。

「カッコいいね、その茶髪。サーファーって感じで、超カッコいいよねー」
「いやー、そのシャツ似合ってるよ。センスいいよー」
「ギターも弾けて、サーフィンもやってて、バイクも乗るんでしょ。顔もカッコいいし、完璧な男だよね。超、女にモテそうじゃん」
「カウボーイになりたくて、アメリカに行っちゃうなんて、行動力あるよねー」
とか言ってさんざんほめられる。
いくら、オセジとはわかっていても、この後、けちょんけちょんにケナされるとはわかっていても、初めて逢った人達にこれだけほめられると、正直言って、かなりイイ気分。

快感。

さすがに、照れ臭くって、「いや〜。ほんと、そうでもないよ」なんて、言いたくなっちゃう。
でも、インストラクターの一声で、一瞬にしてすべてはひっくり返る。
「ハイ！せめろ！」という、インストラクターの合図を聞くやいなや、オタクっぽい無精ヒゲのむさい大学生が、自分は人間以下のゴリラみたいな顔してるくせに、いきなり俺に向かって、
「ダッせえ、こいつ。茶髪で超アタマ悪そー。
信じらんねぇ」だって。

おまけに、汚い顔を近づけてきて

「バーカァ、死ね！」

オイオイ.....
バーカァ、死ねって、おまえ、そりゃないだろ....初対面で....
それに、信じらんねぇ、って言われても、おまえ、俺の何を....
こいつ、

・・・
マジで
ムカツク！

ぷつん。
たった、ゴリラの一言で、俺はキレてしまった。
一歩踏み出して、ゴリラを突き飛ばそうとすると、インストラクターは素早く俺の怒りを察知。
「怒っちゃだめだ。絶対、手を出すな。ルール違反だろ」って、耳もとで優しくささやく。
出鼻をくじかれた俺は、仕方なく我慢した。
今までの人生で、あんまり他人に悪口を言われたことがなかったから、周りを囲まれて、１５人がかりで、さんざん悪口言われると、すぐに、まともな神経じゃいられなくなっちゃう。
想像以上に、辛い数分間。
もう、どこを見ればいいのかわかんなくなっちゃって、目のやり場に困るっていうか。ニラみつけるわけにもいかないし、ニコニコなんて出来ないし。
「ハイ！ほめろ」の合図で、またみんながほめ始めた。
でも、
今度は最初にほめられていた時とは気分がまったく違う。
てめぇら、コロコロ変わりやがって。ふざけんなよって。
おもいっきりふてくされてた。
その後も、せめられて、ほめられて、3度目にせめられているとき、インストラクターが耳もとでつぶやいた。

「いいか、よ〜く今の感覚を覚えとけ。世の中なんて、こんなもんだからな。他人の言うことなんて、**コロコロ変わる**

んだ。ほめたり、せめたり、みんなそのときの気分で気軽に言ってるだけだ。だから、大切なのは自分の気持ちなんだぞ。**他人の一言一言に左右されるな**」

ふ〜ん、なるほど。
それを聞いて、俺は少しだけ納得してしまった。
でもでも、**ゴリラに対するムカツキ**だけは、しばらくおさまらなかった。

GAME 2

「1000円分ハタラカセテクダサイ」

金曜日の夜8:00に始まったこの合宿も、１６人が１０分づつのロングな自己紹介を終え、第１のゲーム「ホメロセメロ」を終えたときには、１０時間を経過し、もうすでに土曜日の朝6:00になっていた。
窓の外は、春のサニーデイ。
朝の柔らかな日差しが徹夜の眠気を倍増し、俺達１６人は、みんなトローンとした目をしていた。
しかし、インストラクター３人衆は、
「徹夜で眠い？それで？」といった、デビルな表情で、
「さぁ、合宿所へ行くぞ！荷物持って下へ降りてこい」と、２台のバンへ俺達１６人を強引に押し込み、ゴオッーとアクセルを踏み込み、車を出発させた。
車の中で、
「どこ行くんですか？合宿所って遠いんですか？」
と気軽に聞くと
「そんなの、知らねえよ」
「ええっー」

いちお、１０万円も払ってるのにそんなの知らねえよはねえだろ.....
さらに、車の中で寝かせてくれない。
寝た瞬間、**「寝るな！」**って、インストラクターに怒られるんだ。
ひどい。
俺は眠さを忘れるために、隣に座っている奴に話しかけた。
「どこ行くんだろうな、俺達」
「うん。わかんないね」
「ねぇ、大学生？」
「うん」
「俺、神田外語なんだけど、どこ？」
「僕は専修大学」
「ふ〜ん。学部は？」
「商学部」
「ふ〜ん」
ダメ。お互いに眠くって**ぜんぜん会話がはずまない。**
途中、ドライブインに寄って、立ち喰いそばの朝食兼ランチを食べ、正午近くなった頃、
俺達は、とうとう合宿所に到着した。
2階建てのボロイ貸別荘。１０人〜１５人くらい泊まれそうなサイズの小屋。ログハウスというよりは木造っていう感じ。
１階、２階とも20畳ずつぐらいの広さがあって、小さなキッ

チンが付いてる。
１階には、トイレと、インストラクターの控室になる小さな部屋がある。
荷物を置いて、座り込んだ俺達に向かって、インストラクターが叫んだ。
「おらっ。ゆっくりしてる暇はないぞ。とりあえず、おまえらジャージに着替えろ。ジャージに着替えた奴から、車に乗れ。時計や財布、アクセサリーとかは、全部外してバッグに入れておけ」
俺達は、**囚人のような扱い**で車に乗せられ、１５分くらい走ったところにある、田舎町のバスロータリーで降ろされた。
八百屋、魚屋、薬屋、文房具屋、焼鳥屋など、２階が家になっているような、家族経営風の小さな商店と村役場、ガソリンスタンド、雑居ビル。
それ以外は山と畑と農家。
この**平和な田舎町**で、いったい何が始まるんだろう？
車を降りて、不安がる俺達に、１０円玉１枚と電話番号の書かれた紙が配られた。
そして、インストラクターはゲームの説明を始めた。
「いいか、良く聞け。今は午後 1:00 だ。これから５時間、午後 6:00 までのあいだにオマエら、各自、仕事を見つけて
１０００円稼いでこい」
「ええっ？」ざわざわざわざわ。

「どうやって稼ぐんですか」

「方法は特にない。そこらへんで、１０００円分働かしてくださいって言って働け。働いてこい。6:00 になったら迎えに来るから、それまでに全員、１０００円を稼いでおくように。6:00 までに稼げなかった奴は連れて帰らないからな。

6:00 までに稼げない奴は**車に乗せねえ。**

わかったな。命に関わるような事故があったときだけ、その１０円玉で電話してこい。んじゃ、解散。」

「ええっーー？？」**ざわざわざわざわざわざわざわざわざわ。**

無理だよ、そりゃよ、みたいな雰囲気が漂っているにもかかわらず、インストラクターは当たり前のような顔して、本当に車に乗っていなくなっちゃった。

オイオイ！と突っ込む暇も与えず、質問する暇もろくに与えずに、そそくさと去っていってしまった。

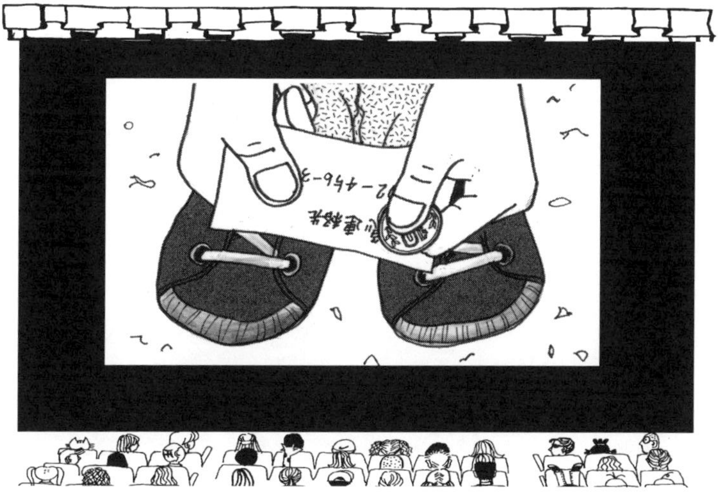

マジかよーって、ボーゼンとする１６人。
まぁ、とりあえず、やってみるべ。せっかく１０万円も払って参加してるんだし。
タイムリミットもあったので、とりあえず、俺はけんたと二人で、田舎町を歩き回って、１０００円分の仕事を探してみることにした。
他の奴らも、仕方なくパラパラと散り始めた。
まあ、田舎の人は親切だから、もしかしたら結構簡単に、働かせてくれるかもしれないしぃー、みたいな感じで、そんなに気持ちは重くなかった。
１分も歩かないうちに、俺とけんたはエッソの小さなガソリンスタンドを発見した。
「とりあえず、あそこ行ってみようぜ」
「オッケー」
トコトコトコトコと歩いていって、暇そーに遠くを見つめている、おじいちゃん店員に
「すいません、突然で申し訳ないんですけど、１０００円分働かせていただけませんか？」って聞いてみた。
「えーっ。あっ、今、アルバイトは募集してないんだよね。アルバイトでしょう？」
「いや、１０００円分だけ働かせてほしいんですけど」
「いつ？」
「今なんですけど.....」
おじいちゃんは**超ネガティブ**になってる。

「えっー、いやちょっと今は無理だ」
「そこをなんとか」
「…………」
「わかりました、すいません。失礼します」
俺達も、そりゃ無理だよな、って素直に引き下がった。
ガソリンスタンドのすぐわきに、2台のトラックが止まっている運送会社を発見し、そのちっこい事務所にも入ってみた。
郵便局みたいな事務所には、**りんごほっぺ系の姉ちゃん**とおじさんという典型的なコンビが暇そーにマッタリしていた。
そこに、ジャージを着た俺とけんた。
俺、**色黒の茶髪ヤンキー。**
けんた、**青白い顔したジャニーズ。**
「すいません、ホント申し訳ないんですけど、1000円分働かせてもらえませんか？」
「えっ？はい？今担当の者を呼びますので」と姉ちゃんが答え、すぐ横にいるおじさんにバトンタッチ。
「アルバイトの面接か？」
「いや、1000円分だけでいいんですけど、働かせてもらえませんか?」
「なに言ってんだよ、おまえたちは」
「すいません。えっと、ある事情があって、どうしても1000円を稼がなきゃいけないので、何か臨時のお仕事などがあればと思って….」

「ないよ、ない。そんなのない、ない」
「近くで、そういう仕事がありそうなところは御存じないでしょうか？」
「…………」あきれるおじさん。
「いや、すいません、失礼します」
やっぱりダメだ....
それから、2時間ぐらい歩き周りながら、7、8件チャレンジしたが、全然ダメ。
「だめだ、もう無理だよ、これ」
「第一、もとから無理だよ、こんなの。無謀すぎるよ。住民の迷惑だよ」
「みんな、ただでさえ暇そーなのに、仕事なんてあるわけねぇよ」
「なんで、俺がこんなことしなくちゃいけねぇんだよ」
「車で、１５分くらいなら歩いたって帰れるよ。俺、勝手に帰ろうかな」
もう、グチしか出てこない。
俺とけんたは完全にあきらめムード。
でも、みんなのことが気になる。
もし、俺とけんた以外の１４人の中で、１０００円をゲットした奴がいたらしゃれにならない。俺達だけが**負け犬**になっちゃう。
急いでバスロータリーに戻ると、１０人くらいの奴が座り込んでいる。
「ねぇ、もう稼いだの？」
「全然。やってらんねぇよ、こんなこと」
「じゃ、まだ誰も？」
「あたりまえでしょ」
みんな、俺達と同じようにパワーダウンしていた。
しばらく、みんなで集まって、グチを言ったり、この合宿の悪口を言っているうちに、なんだか、俺は自分が情けなくなってきた。
こんなウダウダするために、１０万円も払ったんじゃねぇ。
確かにちょっと異常だし、１０００円を稼ぐことにどんな意味があるのかもわかんないけど、なんだかこのまま「稼げませんでした」って言うの嫌じゃん！

マジ、ブチ切れるしかねぇ。

もう4:00を過ぎ、残り時間も2時間をきっていた。
俺は、自分自身をムリヤリ超ハイテンションにもっていって、独りでもう一度でかけた。

やってやる！

３分くらい歩いたところで、俺は肉屋を発見した。
ここだ。ここで決めてやる。
俺は肉の置いてあるガラスケース越しに、おじさんに頭を下げた。
「すいません、１０００円分働かせてもらえませんか」
おじさんはうんざりした顔で

「なに、仕事? ないよ、さっきも来たよ、帰れよ、ないよ、ないって言ってるんだろう」

最初っからかなり不機嫌。もうだめだ。

でも、でも、どこ行っても同じだろ、きっと。ここでとりあえずゲットするまでやり続けるしかねぇ。

「すいませんお願いしますよ。１０００円分働かせてください。お願いします!」

何回も何回も頼んだ。たぶん３０分ぐらい。おじさんもすげえテンション高くなって

「帰れって言ってるだろ！」

「お願いします！」

「…………」

「お願いします！」

「わかったよ。しょうがねぇな….そこまで言うならわかった。じゃあ、まずはそこのダンボールたたんで、端っこのほうへ固めといて」

「すいません。ホント、ありがとうございます！やります！」

ヨッシャー！

すげえ。

出来ちゃった。感動。

俺はおじさんの好意に報いるために、これ以上ないっていうほど、**ダンボールをポジティブにたたみ、**きちっと揃えて端っこに置いた。

「終わりました」

「じゃあ次は、この機械をきれいにして」

「はい！」

次は、フライを揚げる機械の汚れを、ゴシゴシゴシゴシって金具でこすり、3台の超汚い機械を完璧にきれいにした。

「終わりました」

「よし。きれいになってるな。おつかれさん。そこの水道で手でも洗ってきな」

「はい」

手を洗って戻ってきた俺に、おじさんは**「おつかれさん」**と優しく言って、１０００円札を渡してくれた。

「**ありがとうございます！**本当にすいませんでした」

「いいよ、ちゃんとやってくれたから」

「**ありがとうございます！**　失礼します」
俺は、もう嬉しくって嬉しくって、バスロータリーに戻る道で「イェーーイ！」なんて叫びながら独りで発狂してた。
バスロータリーの近くで、後ろから声がする。
「アユムー、アユムー」けんたの声だ！
「おー！けんた、俺、１０００円ゲットしたぞ！」
「うそ！おれもだよ、おれも！」
「まじ？ヨッシャー！オッケーじゃん！どこで、どこで？」
「いや、なんかダメモトで**農家**に行ったらさ、ちょうどおばあちゃんが今日、調子悪くて人手が足りなかったみたいでさぁ、変な雑草みたいなのむしって、１０００円もらってきたよ。**超偶然。スーパーラッキーだよ！**」と、ふたりでスッゲエ感動してた。
けんたとバスロータリーに戻ったら、１０００円を稼げた奴が５人くらいいた。
そいつらと盛り上がっていたのはいいが、まだなんかウダウダしてる奴が２人残ってた。
その２人はもう、完全にあきらめムード。
俺も、やけくそになって、言っちゃった。
「一緒に行こうぜ！俺が仕事させてもらった肉屋さんに、頼んでやるから。ただ、最初だけだよ。後は自分で頼めよ」
さっきの肉屋さんに３人で走って行って、
「すいません、さっきはお世話になりました。ありがとうございました。あの～、非常に言いにくいんですけど....もし、良かったらでいいんですけど、この２人もお願いできないですか？」
「お願いします！」
「お願いします！」
「はっはっはっ。わかった、わかった。もう、いくらでも働いてくれ」おじさんったら、**なげやり。**
「いいんですか？すいません！
本気でありがとうございます！」
「ありがとうございます！」
「ありがとうございます！」
やったじゃん！やった、やった。
その２人は、はちきれんばかりのテンション。
店中の全ての窓拭きから始まって、ゴミ出し、店の回りの掃き掃除、洗い物と俺も一緒になって駒ネズミの様にチョコマカチョコマカと、必死になって動き回って働いた。
３人で窓拭きをしてると、肉屋さんの前を通りかかった近所のおばあちゃんが、
「あら、きょうは人がたくさんいて、いいわねぇ。
お孫さん？」なんて話しかけてきたりして、
「いや、違うんですけど……」
「じゃ、お孫さんのお友達？」
「いや～、ちょっと違うんですけど……」
もう大変。
肉屋のおじさんに心からのお礼を言って、バスターミナルに戻ったのはもう5:45頃で、残り１５分くらい。

ギリギリセーフ。

でも驚くべきことに、１６人のうち、まだ１０００円をゲット出来てないのは、１人だけだった。

みんな、頑張ったんじゃん！

最初、バスロータリーでウダウダしていた連中もみんな笑ってる。

１０００円ゲットに成功した１５人は、みんな口を揃えて同じ様なことを言ってた。

「時間が迫ってきて、追い込まれてきて、**“もう出来るとか出来ないとか、そういう問題じゃねえ、とりあえずやるしかねえ”**って決心した途端に一軒目で決まったんだ」

おもしろいもんだな。

そして、とうとう残りの１人も、締切２分前に１０００円札を握りしめて帰ってきた。

オッシャー！全員出来たじゃん！

すげぇー！すげぇー！

やりゃー出来るじゃん！

１６人、みんなで喜んだ。

「このくそインストラクターが！見たか！」なんて言いながら、全員で意気揚々とインストラクターを待ってた。

予定より５分ぐらい遅れて、インストラクターの車が到着。

「お前らどうだった？」

「全員できました！」

「よーし！よくやった！じゃあ、その１０００円で今夜の食材を買いに行くぞ。戻って、みんなでバーベキューだ！」

ワァー、ワァーワァー！

ヒュー、ヒュー、ヒュー！

サイコー！

もう、眠さなんか吹っ飛んで、

すげえ楽しいじゃん、この合宿って初めて思った。

食材を買い込み、合宿所に戻ってからは大騒ぎだ。

カンパーイ！

「大変だったよ、おれ、怪しいスナックでさ………」

「おまえ、俺なんて農家だぜ！」

「俺なんて、材木を１００本くらい運んじまったよ」

みんなそれぞれ、ものすごい**武勇伝**があるわけ。

バーベキューしながら、**自慢大会＆暴露大会。**

「コイツ、途中まで泣きそうになってたくせによ〜」

「おまえだって、めちゃくちゃブルーになって、無言だったじゃねぇーかよ」

１６人とも、一瞬にして、かなりマブダチ入ってた。

ゴリラともとっくに和解した。

昨晩は徹夜だったし、さすがに今夜は寝て、明日もう１つくらいゲームやって帰るんだろうな……という、さわやかなムードが流れていた。

これからが本番だとは知らずに….

GAME 3

「人間の心」

バーベキューが終わったら寝れる、なんて、とんでもなかった。
飯を食い終わって、テーブルの上を片付け終わった途端、
「おまえら、片付け終わった奴から、さっさと２階へ上がれ！
急げ！」とインストラクターの指令が飛んだ。
しかも、今までと何かムードが違う。
何か物凄く怖いムード。
まだ、寝れないのか……..
俺達１６人は、ブルーな気持ちでタッタッタッタッタッタと急いで階段をかけ昇り、２階の２０畳くらいある大部屋に集合した。
すぐに、インストラクターがトコトコトコトコと、５人も上がってきた。
あれ？ ２人多いぞ。
ヤッちゃんみたいなインストラクターが２人も新たに追加されてる。
何であんなヤバそうな人が来てるんだろう？ と思ってると、
「おまえら、さっさと座れ！」とそのヤッちゃんが叫んだ。
いきなり**パチパチパチパチ**と、電気のスイッチが切られ、

蛍光灯が全部消されて、ルームライトだけになった。
暗い。突然の危険なムード。
その場に座り込んでいる俺達に向かって、

「おまえら並んで座れ！」

「足乱すな、体育座りしろ！」

って、本気で怒ってる。
ヤベエー、なんかスゲエことになってるぞと、言われるとおり、.
俺達１６人は４列に並んで座った。
「じゃあ今から、「人間の心」っていうのやるから、配られた紙を読め」と言って、Ｂ５サイズの白い紙が配られ、休むまもなく新たなゲームが始まった。
配られた紙には、***『人間の心』***っていう詩が書いてあった。

人間の心

人間の心の中は、働きたい気持ち（自己実現欲）、遊びたい気持ち（生理的欲求）、善なる気持ち、悪なる気持ちが共存している。
こうした種々の矛盾を内包しているのが、人間の宿命である。
人間は、とかく喜びを求め、楽をしたがるが、そうした生き方には、本当の喜びがない。
人間の本当の喜びというものは緊張、発散、快感の力動的行動の中にあるものである。
多くの人は、苦しい状況におかれるのをいやがる。
だが、苦しさから逃げようとすればするほど、一層苦しくなる人間心理の矛盾に気づいていない。
それは逃げようとすることによって、心の葛藤が大きくなるからである。
つまり、楽を追及するところに、本当の喜びはなく、苦の行動の中から、本当の喜びが獲得できる。

ん〜わからん。ちょっと難しい。
でも、最後の行の**「苦の行動の中から」**っていう言葉が、妙に不吉なものを感じさせる。
みんながひと通り読み終わったことを確認すると、インストラクターは、この「人間の心」というゲームの説明を始めた。
「いいか、一度しか言わないから、良く聞け。各自、その詩を全文暗記して、みんなの前に出て、**自分の出せる一番大きな声**で発表しろ。一字一句間違えることなく、最大限の声で発表できた奴から合格にする。合格すれば終わりだ。ただし、合格出来るまで続けるからな。**時間は無制限だ。**５時間でも、１０時間でもやるぞ。本当に最大限の声を出せるまでやるからな。いいな」
全文を暗記、それを大声で発表。
正直言って俺は楽勝だと思った。これぐらいの長さの詩だったら、３０分あれば暗記できる。
それをでっかい声で叫べば合格なんだろうと思うと、少しだけほっとした。
「名前を呼ばれたら、立ち上がって、大きな声で返事をして、みんなの前に出て、「人間の心」という詩を題名から発表しろ。まず、このゲームから参加する北山インストラクターが見本をみせる。良く見ておけ」
インストラクター１号が、俺達の横に座ってスタンバイしていた新入荷のヤッちゃんインストラクター４号の名前を呼んだ。
「キタヤマ　シゲル！」

「ハァーイ！」

狂ったようなシャウト。
なにこれ。なんでこいつ、こんなにマジなんだ？
でも、すげえ、すごすぎる.....震えがくる.....
なんかもう、見たことも聞いたこともないような声の大きさとテンション。
ピッコロ大魔王が口から卵を産むときみたいに、
大きな口開けて叫んでる。
怖い。
クレイジーな返事をして、タッタッタッタッタッタと前に歩いていったインストラクター４号は、

「ニンゲンノ
ココロォー！」

と、耳にビンビンくるフルボリュームで、シャウトした。
完全にイカれてる。
「わかったか、これぐらいのレベルだぞ、よし、３０分後にテス

トするから、みんな練習しとけ！」と言い残し、インストラクター５人は、階段を降りていった。
今のシャウトで、かなりビビってはいたものの、俺達１６人は、まだまだ余裕があった。
「マジであいつ狂ってんべぇ、超ウケるよ」
「なぜなぜ？ 何が彼をあそこまで叫ばせるわけ？危なすぎ」
「すげえ、あつい頭おかしいべー、俺にゃ、あんなバカでけえ声出せねぇし、出したくもねぇ」
なんて口々に感想を話しながら、人それぞれ、暗記を開始した。
押し入れに入って考えてる奴もいれば、寝っころがったり、座ったり、立って歩きながらブツブツ言う奴とか、みんな自分のスタイルで暗記に集中していた。
３０分たってインストラクター３人衆＋**極悪同盟２人組**が、約束どおり２階に上がってきた時には、俺もほぼ暗記を完了していた。
「よーし、始めるぞ。じゃあ、できる奴は手を上げろ」
忘れないうちにやりたかった俺は、ぱっと最初に手を上げた。
「お前、本当にできるんだな」
「はい」
「本当にできるのか」
「はい」
「よし、やれ」
インストラクターが俺の名前を読んだ。
「タカハシアユム！」
「ハイ！」 おっ、結構、熱いな俺、みんなびっくりしてる

んじゃねえの、こんなでっけえ声出して、とか思いながら、前に立って、

「ニンゲンノココロー！」

自分としては、かなりデカ目の声。
そしたらいきなり、
「声がちいさーい！それがお前の本気なのか？ ふざけんな！」
いきなり**ドスーン！**と腹にケリが入った瞬間、俺は**ポーン**と後ろに吹っ飛んだ。
痛えーと思いながら、また起き上がると、
「ふざけんな！この野郎！」って言いながら、ヤッちゃんが寄って来て、
「それがお前の出せる限界の声なのか？えっ？お前なめてんじゃねえぞ！大人のこと」
別に、なめてはないんだけど.....
「はい、すいませんでしたー」俺は、もう１度最初から叫んだ。
「ニンゲンノココロー！」
「ダメ！下がれ。全然おまえ本気になってねぇじゃんよ」
俺はすごすごと自分の場所に戻って、座り込んだ。
なんだここまで頑張って覚えたのに、暗記もへったくれもないじゃん。
要は、**暴力審査員付き、大声コンテスト**じゃねぇか。
俺が蹴られているのを見て、みんなブルっちゃった。
もう一人、鼻っ柱の強そうな、短髪ハゲ系の、体育会系が二番

手に力強く手を上げた。
「よし、やれ」
「スギタシンジ！」
「ハーイ」 結構いい感じだ。かなりでかい声だ。
「ニンゲンノココロー！」
「声がちいさーい！ふざけんじゃねえよー」
そいつも、頭持たれて、おもいっきり地面にたたきつけられた。
恐るべしヤッちゃんクン。
それでも、体育会は気合いで立ち上がって続けた。
「ニンゲンノココロノナカハー、アソビタイキモチー、ジコジツゲンヨーク....」
となんとか３行目ぐらいまで頑張った。
「コウシタシュシュノムジュンヲー、ムジュンヲー、ムジュンヲ....」
残念。その先を忘れたらしい。頭が弱いらしい。
「だめだ、失格。下がれ、バカやろう！」と失格。
それから、みんな手を上げなくなっちゃった。
手を上げれば、理由は何にしろ９９.９％は肉体的ダメージを受けるのが明らかだったからだ。もちろん、３０分で暗記しきれなかった奴もいた。
「できる奴はいねえのか」だれも手を上げない。

「バカやろう、それぐらいしかできないのか、おまえらは。また３０分後にやるから、次はちゃんと手あげろよ、この野郎！」って階段を降りていっちゃった。

その瞬間から、**もうだれも話さない、だれも話しかけない、**みんなひたすら暗記。
金曜の夜は徹夜でホメロセメロをして、土曜の午後に１０００円ゲームをやって、今はもう夜の９：00くらいだろうから、もう**不眠不休で三十六時間は経過**していた。
さすがに、体力の限界が近づいてきていた。
俺は、もう、いくら詩が暗記出来ても、その前に大きな声が出せなきゃ絶対に合格はないっていうのがわかったから、叫びの練習をすることにした。
「ニンゲンノォーココロォー！」
とにかく、デッカイ声出しの練習。
それにつられてみんなも、どんどん声を出して練習し始めた。
「ニンゲンノココロォー！」
「生理的よっきゅーー！」
「きんちょー！はっさーん！かいかーん！」って、
男１６人が、精一杯の声で叫んでる。かなり危険な光景。
誰もが早く合格して、寝たいと思ってるから、必死。

とりあえずまた３０分が過ぎ、インストラクターが２階に上がってきた。

「さぁ、始めるぞ！自信のある奴から手を上げろ」
今度は、ほとんど全員の手が上がった。が、失格の連続。俺も2行目で撃沈。
ヤっちゃんインストラクターは怒り狂った声で叫ぶ。

「1時間もあって、1人も合格できねぇのか！終わるまでやるからな。おまえら、時間がきたら終わるとか、そんな甘いことはねえんだぞ。じゃ、また30分後だ」

もうどんどんどんどん声が枯れてくる。一時間半ぐらい叫んでると、声がでなくなる。
3回目、4回目と結局だれも合格できないまま、5回目の練習タイム。
その頃になると、目が虚ろな奴がいて、いきなり二階の窓から

ゲーとかいって**ゲロ吐いてる。**さっき食ったバーベキュー。

マジかよ。シャレになってねえよ。

押し入れの中で布団にくるまっちゃって、**現実逃避**しちゃってる奴とか、

床の上に寝転がって**「ヒェー」**と言ってる奴、（やばい….）

意味もなくトコトコ歩き回りながら、

スーハースーハー荒い息してる奴、（こわい……）

「人間の心」なのに、**「心のとびらー」**とか叫んでる奴もいる始末。（違うだろ！）

なんかすごいことになってる。

アナザーワールド。

異常な集団。

俺もさすがに、自分が合格できる気がしなかった。

でも、インストラクターが言うには、今まで参加した人たちは、全員合格してきたらしい。

だから、俺がゴールできないはずはない。

そう思って、頑張ってたんだけど、もう6回目に失格したときに、さすがにキレた。

俺、何のためにこんなとこに来てるんだ？って考え始めた。

逃げだす奴がいるっていう気持ちが本当にわかってきた。

こんなこと続ける必要ない。意味もない。

本気で、荷物持って逃げ出しちゃおうかなと悩み始めた。

言い訳はいくらでもあるんだ。
「あれは異常な集まりで、危険な合宿だったから、逃げ出してきた」って言えば、みんなわかってくれるだろう。
ホントにバックレるか？
そんなとき、発狂寸前のけんたが、おもいっきりかすれた声で話しかけてきた。
「アユムー、マジ辛くねぇか？」
「うん。俺、何のためにやってるのか、わけわかんねえよ…」
「おれも…」
「マジでバックレるかもしんねぇ…俺…」
「おれもバックレてぇ」
こんなの意味ねえ。
やっぱり逃げるしかない。
そんなことを考えてるうちに、また３０分がたって、インストラクターが２階に上がってきた。
けんたが突然、手を上げて言った。
「すいません、俺たち、何のためにこんなことやるんですか」
「おまえな、ちょっと来い。今、辛くて逃げ出したいと思ってるんだろう」
「…………」
「いいのか、こんなとこで逃げ出して。いいのか、

おまえ、このあとの人生、
ずっと逃げ続けるのか？」

逃げ続けるのか？逃げ続けるのか？逃げ続けるのか？
逃げ続けるのか？ ――――――――――――

「クッソー。すいませんでした。やります！」

その一言で、けんたは、すぐ沈黙。俺も沈黙。

結局、「人間の心」を始めてから、６時間くらいたった頃。

日曜日の朝が近づいてきた。

あきれた顔で２階に上がってきたインストラクターが冷たく言い放った。

「おまえら、このゲームはこれで終わりだ」

その時点で、「人間の心」は中断された。

結局、**誰ひとり合格出来なかった。**

「時間は無制限だといったが、あまりにもおまえ達が情けないんで、「人間の心」はここで終わる。その代わり、１人も合格できなかったんだから、休まずに次のゲームやるぞ」

マジかよ。もうどうでもいいや。

辛い。眠い。ノド痛い。気持ち悪い。
頭痛い。逃げ出したい……（×３００）

後でインストラクターに種明かしをしてもらったところによると、人間って、本当に本気で大声出すと、絶対に長い文章なんて暗記できないらしい。
頭が働かないっていうか、１０行なんていう長い詩は絶対に覚えられない。
大声出せば、詩を忘れる。詩を覚えていようとすれば、声が小さくなる。
だから、これは絶対に合格させないゲーム。絶対にゴールできないゲームなんだって。

オイオイ……

GAME 4

「成功哲学」

とにかく、辛い。
「人間の心」に合格出来なかった悔しさと、しゃれにならないノドの痛みが、不眠不休の疲れを倍増させていた。
あの終わりの見えないゲームから解放された安心感もつかのま、すぐに、新しいゲーム、**「成功哲学」**が始まった。
まず、インストラクターによって、「成功哲学」という詩が書かれた大きな紙が壁に貼られた。

成功哲学

もし　あなたが敗れると考えるなら
あなたは敗れる
あなたがどうしてもと考えないなら
何ひとつ成就しない
あなたが勝ちたいと思っても
勝てないと考えるなら
あなたに勝利はほほえまない

もし　あなたがいい加減にやるなら
あなたは失敗する
われわれがこの世界から見出すものは
成功は人間の意志によってはじまる
すべては人間の精神状態によって
決まるということだ

もし　あなたが脱落者になると
考えるなら
あなたはそのとうりになる
あなたは高い地位に
昇ることを考えるなら
勝利を得る前に
必ず出来るという
信念を持つべきだ

人生の戦いは
常に強い人、早い人に歩があるのではない
いずれ早晩勝利を獲得する人は
オレは出来るんだ　と信じている人である

「これを、お前ら１６人全員の最大限の声で読んでみろ」
またシャウト系か.....ブラック.....
輪唱みたいなもので、１人がまず
「成功哲学」と言ったら、残りのみんなで
「成功哲学」と続ける。
「もし　あなたが」
「もし　あなたが」みたいな感じで、一人が言ったらみんなが追って言う。
そんな要領で、インストラクターがＯＫするまで、ずっとみんなでそれを繰り返す。
終わったら隣の人、終わったら隣の人、終ったら隣の人、とエンドレス。
成功哲学のゲームを始めてから、２時間ぐらいたったろう。
一向に終わる気配が見えず、テンションが下がってきていた。
もういい加減、倒れる奴とかも続出してきていた。
フラフラっと倒れちゃったり、急にうずくまっちゃったり。
でも、倒れた途端、容赦なくインストラクターのキックが飛んでくる。

「ふざけんなお前！」

もう、悪魔そのもの。
俺達のテンションが下がってきているのを感じたインストラクターは大声で叫んだ。
「おまえら、良く聞け！

とにかくこれは、１６人、みんなで出した声で勝負なんだ、

全員が本気で声出さなきゃ合格できないんだぞ！いつまでも終わんねぇんだぞ。わかったか！」

「はい！」（もう勘弁してくれ〜）

「ここから、全員で力合わせて本気になってみろ！

やってみろ！**魂みせてみろ！**」

「はい！」（んもぉ〜、やるしかねぇ〜！）

そうだ、全員が本気をださなきゃ、永遠に終わらないんだ。

やるしかないんだ、やるしか。

インストラクターのゲキをきっかけにして、１６人が励まし合うようになってきた。

倒れちゃいそうな奴のえり首をつかんで、顔を思いっきり近づけて、目を見ながら

「やるぞお前、マジでやろうぜ！」

「いつまでやっても終わらないよ、こんなことじゃ！」

「ここで、終わりにしようぜ！マジで！」とか叫び合ってた。

最後は、１６人みんなで肩をグワッーと組みながら、円になって、ジャンプしたりしながら、とにかく全員のありったけの声で叫び続けた。

その時、初めて１６人全員の本気が１つになった。

「よーし！OK！」

インストラクターの合格を告げる声が天使のささやきに聞こえた。

ワァー！
オリャーー！
ヨッシャーー！

ああー、やっと終わった……気を抜いた瞬間、もう、全然声が出なくなった。
みんな口をぱくぱくぱくぱくしてるだけに見える。
ハスキーボイスさえ出ない。
でも、俺達はやり遂げたんだ……
本当の本気を出して、ゴールしたんだ……
充実感が、ジワッーと湧いてきた。
さすがに、もう終わりだろ……
もう、寝させてくれるだろう……

「さあー、最後のゲームを始めるぞ！」

インストラクターは平然と言った。

殺してやるぅ.....

もし、「今、ウンコ食ったら、この合宿を終了してやる」って言われたとしたら、会心の笑みを浮かべながら、**ぱくぱくぱくぱくウンコ食えるほどに、この合宿から逃げ出したかった。**

でも、そんなことは言われるはずもない.....

GAME 5

「チャレンジャー精神」

最後のゲームは「チャレンジャー精神」。
ＰＵＦＦＹの**「カニっ食べいこうー」**みたいな振りつけをしながら、

おれの人生　おれがやらなきゃだれがやる
今やらなきゃいつできる
おれはやる　いつ　今！

という言葉をみんなで円になって１０００回繰り返す。

１０００回。

ただ、それだけ。

１００％気合いオンリーのゲーム。

１６人のうち、誰かひとりでも途中でやめたらダメ、
また、１からやり直し。
「さぁ、始めるぞ。オレノジンセー！」
インストラクターの一声から、地獄は始まった。
既に、日曜日の午後２：００を過ぎていた。
と、いうことは、金曜日の朝から、もう、

５０時間以上寝てない。

さらに、「人間の心」が始まった土曜日の夜から、もう

１２時間以上も叫びっぱなし。

ノドが痛いなんてもんじゃなくて、もう、普通の発声方法では、かすれ声さえ出ない。カラオケで尾崎を１２時間熱唱したって、ここまでひどくはならないだろう。
はっきり言って、疲れすぎて、眠すぎて、ノドが痛すぎて、腹減って、大声の出し過ぎで頭痛くって、普通の精神状態ではとてもいられなかった。
ふっと気を抜くと、意識が遠のきそうになる。
とっくに体力の限界を超えているはずなのに、“倒れたら１からやり直し。みんなだって頑張ってるんだ”と思いながら、必死に手を振り、オレノジンセー！って叫び続けた。

もう声がまったく出ないのに、**口をぱくぱくさせながらも必死に叫ぼうとしているゴリラ。**
あっちこっちにフラフラしながら、まっすぐ立っているのもままならないのに、１６人の中で一番大きな声を出し続けていたスポーツ刈り。
もう意識があっちの世界にいってしまったらしく、目を閉じたまま**「ファーイ！ファーイ！ファーイ！」**と関係ない言葉を汗だくでシャウトし続ける、ガリ勉っぽいメガネ君。
さっきまで、俺のななめ前で頑張っていたけんたをフッとみたら、
「ふざけんなこらー」とか言ってインストラクターの人に、殴り掛かってる。
あの、恐ろしいインストラクターに。
ヤベえー、けんたも壊れちゃってる....
みんな、とにかく真剣だった。魂をみせてた。
こいつら、熱い....みんな、耐えてるんだ....
それを見てると、俺も心が震えた。
何度か倒れる奴や動けなくなる奴が出て、１からやり直しになりながら、１時間半くらい過ぎただろうか。
回数を数えていたインストラクターが、
「あと１００回だ！がんばれ！」と叫んだ。

ウォー！やるしかねぇ。

オレノジンセー！

オレガヤラナキャ

ダレガヤル！.....

「あと１０回！」

オレノジンセー！
とうとうラストのカウントダウンが始まった。
最後だから、インストラクターも全員出てきて一緒になって叫んでる。

あと９回、あと８回、もう少し、……あと３回、２回、ラストー！

「ヨーシ！終わりー。良くやった！終了ー！」
最後の１０００回目が終わった途端、みんなペタンと地面に座り込んで、隣の奴と抱きあったり握手したりして、わぁーんわぁーんとか言って、ホント、子供みたいに、声出して泣きだした。

まじで。

俺達はやり遂げたんだぁー！っていう充実感が身体中に溢れてきて、不覚にも、俺も涙がポロポロポロポロ出てきちゃった。
男１６人で泣きじゃくった。
俺達のこと、さんざんイジめた憎たらしい５人のインストラクターにも、「おまえら、よくやったー！よくやったぞ！」とか言って抱きしめられると、すっかり恨みも忘れて「ありがとうございます。俺、辛かったっす」と身をゆだねちゃう始末。

いちころ。

そんな感動の涙のなかで、最後のゲームであるチャレンジャー精神が終わった。

もう、日曜日の夕方になっていた。

これで、終わりだよね……？

ENDING

～大輔、セイジもいっとけや～

少し休んで、ジュースを飲んだあと、みんなでゆっくり外を散歩した。

合宿所に戻ってから、インストラクターがみんなの前で言った。

「みんな本当にお疲れさん。

最後に『勇気』という詩を贈ろう」

そこで、例によって、『勇気』っていう詩の書いてある紙が配られた。

まさか....嫌な予感が.....

まさか「人間の心」の続きじゃないよね.......

俺達、「人間の心」に合格しなかったから、またこの『勇気』っていう詩をやって、終わった人から帰っていいなんて、言わないよね.....

まさかねぇ....はっはっは。こわい........

俺達１６人は全員、青くなってインストラクターの次の言葉を待った。

「ちなみに、これは覚えなくていいぞ。心配するな」

ニヤニヤしながらインストラクターが言った。

「あぶねー」

「お――、よかったぁー」って心からほっとした。
その『勇気』という詩が、インストラクターによって、普通の声で読まれ、この成功哲学合宿は本当に終わった。
荷物をまとめ、帰りの車に乗り込んだ途端、全員、一瞬にして

爆眠。

会話ゼロ。

阿佐ヶ谷のオフィスに車が到着したのは、夜の7：00ごろだった。
ロングな自己紹介に始まり、「ホメロセメロ」⇒「１０００円分ハタラカセテクダサイ」⇒「人間の心」⇒「成功哲学」⇒「チャレンジャー精神」と約６０時間に渡って不眠不休で行われた地獄の合宿は、すべてのメニューを終えた。
俺とけんたは**１４人の戦友**と再会を誓い、インストラクターと握手をして、セミナーのオフィスを後にした。
帰りの電車で、俺とケンタは感動に浸っていた。
俺達はやり遂げたんだっていう充実感に満たされていた。
「腹減ったから、何か食おうよ」
「いいね。何が食べられるかな、このノドで」
「今は食べれるものねぇな」
ラーメン屋に一応入ったんだけど、もう２口ぐらいで食えない、ノドが痛くて。
「だめだ、メンマさえ食えねえー」
けんた＆大輔ハウスに帰ったら、大輔とセイジがいた。
「おかえりー。どうだった？」

「すげえーよ、あれ、マジすげえー」
「超越。１０００万円払っても行ってこい、
おまえらもぜってぇー行け」
「えっ」
「行けって、いいから行け！
今すぐ行け！」
「わかってるよ。行くよ！」
「でも、マジで辛ぇーぞ。逃げてくんなよ」
「余裕だよ。みてろよ！」
結局、次回の合宿に２人も参加。
帰ってきた２人も、すごいハスキーボイスで
「オリャー！」とか叫びながら、パワーアップしていた。

営業マンの言っていた通り、この成功哲学合宿に参加したことで、“究めたいことが見つかったら、俺は絶対に成功できるんだっていう自信”はいっそう大きくなった。それは確かだった。自分はこんなに頑張ることの出来る人間なんだって、自分を見直すことが出来た。
本気でやりゃ、なんだって出来る！
「出来るか、出来ないか」じゃなく、「やるしかない！」という状況になれば、俺は絶対に出来るんだ.....
怖いものはねぇ。
さ〜て。
後は、俺の究めたいもの、つまり、俺の夢ってやつが見つかれば.....

第4の冒険　COCKTAIL & DREAMS

無一文から仲間と店を始める！

遂に、そのときはきた。
そう。
待ち望んでいた、カウボーイ以来の
「これだぁー」がおとずれる時が・・・

COCKTAIL & DREAMS

～感動と憧れ～

今度の衝撃はテレビCMからではなく、映画からだった。
合宿から帰ってきて、2、3週間後のある夜のことだ。
ピザーラも休みで、スーパー美人彼女のサヤカもワープロ検定のテスト前とあって、暇をもてあましていた俺は、近くの「ドルフィン」というレンタルビデオ屋で、
トム・クルーズ主演の映画『トップガン』を見つけられずに、仕方なく**『カクテル』**のビデオを借り、セブンイレブンで、その頃ハマっていた牛カルビ弁当と森永チョコフレークとコーラの3点セットを買って、ボロアパートに帰り、独り寂しく、ビデオデッキの再生スイッチを押した。
最初は**むしゃむしゃむしゃむしゃ**と飯を食いながらテキトーに見ていた俺だが、予想外のストーリーの面白さに、だんだんと画面に吸い込まれていった。
トム・クルーズ演じるニューヨークの若手バーテンダーが、
華麗な技を身に付け、
ニューヨークとジャマイカのバーで人気者に

なり、いい女を次々にゲットし続け、最後には最愛のブロンド美人奥さんと自分達のかっこいい店を始める...といった、ロックンロールとカクテルと美女に囲まれたアメリカンドリーミーな青年のサクセスストーリー。

ライトアップされたバーカウンターの中で、

ガンガンに流れるロックンロールに乗って、お酒のボトルやグラスをクルクルっと回しながら、次から次へと綺麗なカクテルを作っていくバーテンダー。

カウンター席に座る美女達から、

「もう、あなたの好きにしてぇ〜」といったトローンとした目で、熱い視線を受けるバーテンダー。

都会だけじゃなく、ジャマイカの浜辺で波の音を聞きながら、トロピカルカクテルを創っても**高収入をゲット出来る**バーテンダー。

さらに自分の店を持てば、大学なんか辞めたって、
誰にも指図されずに自分の好きに創った空間で、
仲間もお金も増やしていけるバーテンダー。
トム・クルーズが自分の店のオープニングパーティーで、「今日は俺のおごりだぁー！**チィアーズ！**」って叫ぶ感動のエンディングシーンを迎えた頃には、俺のボロアパートにも、感動の嵐が、**ゴォーゴォー**吹き荒れていた。
ジーン……
ヨッシャー！
わけもわからず、独りでガッツポーズ。
カッコええっー。サイコーじゃん！

これだぁ！これ！
バーテンダーだよ！

バーテンダーやって自分の店をやるっきゃないでしょ！
マルボロマンなんてメじゃない。
とうとう、俺の究めたいもの、俺の夢を見つけちまったぜ。
トム・クルーズみたいにバーテンのテクニックを究めて、自分の店を持つ。

うん。うん。うん。
これ。これ。これ。
バーテンのテクニック究めてぇーー！
自分の店、持ちてぇーー！
持ちてぇー！

しかし、感動の嵐の余韻に浸る間もなく、すぐさま俺の胸に不安の波がドォーッと押し寄せてきた。
でも、バーテンやって店を持つっていっても、カウボーイほど簡単じゃねぇぞ、きっと。
バーテンのテクニックは、バーでアルバイトしながら修業すれば、何とか究められそうな気がするけど、自分の店となると、かなり大変そうだ.....
まず、一番気になるのは、金だな、金。
映画見てる限りじゃ、数百万ぐらいはかかるに違いない。
これ、大問題よ。
俺、今、無一文。
ん〜、ビジョンが見えない。
とりあえず、明日、本屋に行って、適当な本を買って調べよう。
もしかしたら、小さい店なら案外安いかもしれないし。
具体的な作戦はそれからだ。
あと、資格。調理師免許とか必要なんじゃないか？
トム・クルーズは何の資格も取ってなかったみたいだけど、ありゃ映画だし、アメリカだからな。
日本では必要かもしんねぇぞ。専門学校とか行くとしたら、結構大変だな。
まぁ、これも、本で調べよう。
全ては、それからだ！

次の日、俺は珍しく早起きし、大学をサボり、津田沼のパルコにある本屋へオープンと同時に駆けこんだ。
「よぉーし、探すぞ！」と、実用書のコーナーに陣取り、「店」と名の付く本を片っ端から手に取り、立ち読みし始めた。
「開店ガイド」とか、「小さなお店の始め方」とか「成功する飲食店」とか。
ん～、金は？ 金はいくら必要なんだ？
えぇ～！マジ？２７００万円？
一番少ない人でも１６００万円？ オイオイ……
資格は？ どこだ？ あれぇ～。
なんだかよくわかんねぇよ……
俺は、本を読めば読むほどにブルーになっていった。
どの本を見ても、
「あんた、店を始めるっていうなら退職金やら何やらで、とりあえず数千万円ぐらい持ってるんでしょーね。話はそこからだよ」的な書き方がされていて、無一文な今の俺には全然、ピンとこない。
どの本も、ある程度まとまった金がある人向きに書かれていて、なんか難しい言葉も多くて、よくわかんないし、数千万円の資金はもちろん、法律の知識とか、資格とか、経理的な知識とか、いろんな難しいことが必要だって書いてある.....
なにこれ？
店やるのって、マジで、こんなに金かかるの？

聞いてないよー。

だって、トム・クルーズはそんなに持ってなかったぞ......
それに、難しいこと勉強してなかったぞ......
やっぱ、あれは映画の世界だったのかな.......
ゲッー。超ブルーじゃん。

PLAN & ACTION

～作戦のはじまり～

くっそー、せっかく燃えてたのに.....納得いかねぇ。
すっごくイライラしてた。
でも、どう考えても数千万円は無理だったし、
なんだか無力な自分に腹が立ってしょうがなかった。
そんなムカツクある夜のこと、さらに不幸なことに、
俺はバイクで事故ってしまった。
ピザーラの帰り道、やけくそになって、バイクをかっ飛ばしていたら、工場地帯の直角コーナーでブレーキが間に合わず、フルブレーキをかけた途端に両タイヤがロックして右側に転倒。
俺は右足をバイクと地面の間に挟まれたまま、１００メートルくらいズズズズズズッーっと引きずられた。
ワァ ―――――――――――― ！
気がつくと、地面に投げ出されていた。

ちょーいてぇ。

右足が動かない.....
誰もいない工場地帯の道路にバイクのエンジン音だけが冷たく響いている。
ドッドッドッドッドッド........
ダレカァタスケテェ......

結局、**骨折&入院2週間コース。**
なんとか右足首複雑骨折のみで一命は取り止めたが、横浜の両親にバイクに乗っているのがバレて、こっぴどくしかられるわ、若い看護婦さんに**チン管**を入れられるわ、下半身麻酔をするからと、**いちじくカンチョー**をぶっさされるわで、もう大変。
それでも、入院生活も3日目ぐらいになると、手術も終わり、痛みも少し和らいできた。
病室にCDウォークマンと30枚のCDを持ち込んでいた俺は、ずっと音楽を聞いて過ごしていたが、入院中ってのはとにかくヒマで、いろいろ考えてしまう。
やっぱり自分の店をやりてぇなぁ、という思いが、浮かんでは消えて、浮かんでは消えていった。

入院生活も1週間を経過した頃、
真夏の暑すぎるお昼のひととき。
7デイズ皆勤賞でお見舞に来てくれて、「早く元気出し

てね。直ったらおいしいものでも食べに行こうね。アユムのおごりで。」なんて置き手紙を残していってくれる女神サヤカが忘れていった『Ｈａｎａｋｏ』という雑誌をベッドで読んでいたときのことだ。

後ろの方のページに紹介されていた青山にある小さなカフェバーの記事が目に止まった。

ログハウス風の店内は、お酒がズラーっと並ぶカウンターと2つのテーブル。

壁には、古いギターやレコードジャケットが飾られてる。

狭くって１０人ぐらいしか座れないような店なんだけど、すごくカッコよかった。

こんな店もいいなぁーなんて眺めていた。

そして、その店のマスターのコメントが、俺に大きな希望を与えた。

「この店は４００万円で始めました」

なにぃー？４００万？
心がザワっとした。
えっー？
何千万円もかかるんじゃねぇの？
こんなカッコいい店がこんな値段で始められるのかよ？
しかも、青山だぜ。
なんだよ、本に書いてあったことと違うじゃん。
オイオイ、そりゃ、すぐには無理だけど、
何年か貯金すれば４００万円だったら不可能じゃねぇぞ。
だって、ダチの**改造ＧＴ－Ｒの値段**とそんなに変わんねえじゃん、４００万なら。
マジかよ。いいぞいいぞー。
「バーテンダーになって自分の店を持つ」という夢に急にリアリティーが出てきた。
本に何と書いてあっても、実際に４００万円とかでこんなカッコいい店を始めた人がいるなら、俺にだって可能性はあるはずじゃん。

俺の心の中で革命が起こった。

俺はさっそくメモ用紙とシャープペンを取り出して、病院のベッドの上で、「バーテンダーになって自分の店を始めよう大作戦」を練り始めた。

さて、何から始めるか？
まず、足が治ったら、すぐにピザーラを辞めて
バーテンダーのアルバイトを始めよう。
週１日はサヤカと逢いたいから、週６日で夕方から深夜まで。
そこで、修業しながらバーテンダーとしてのテクニックを身に付ける。
さらに、店をやるための資格のこととか、経理のこととか、いろいろな出店ノウハウを店長からゲットする。
あと、このバイト代で生活費を確保しよう。
最低１０万円くらい。
うん。オッケー。
次に、バーテンのアルバイトが落ち着いてきたら、お金を貯金するために昼も働くしかない。
大学を辞めて警備員か引っ越しのバイトを始めるんだ。
ちょっときついけど、週６日で朝から夕方まで働けば、
１日８０００円×２５日＝１ヵ月に２０万円を毎月貯金できる。
１年で２４０万円！３年で７２０万円になる。
４００万円であの店だから、７２０万円あれば、充分どうにかなるだろう。
それに、３年も修業の時間があれば、バーテンダーとしての技術もトム・クルーズには負けねぇ。
よし、よし。

かなり辛いけど、３年間だけ朝から晩まで気合い入れて働きまくれば、**３年後の２４歳でバーのマスターだ！**

２４歳でバーのマスター。

カッコええ……

その後の人生はバラ色じゃん！

よっしゃー！出来るぞ！

その１週間後に元気よく退院。

しばらくしてギブスがとれるやいなや、さぁ、

ミッションスタートだ！

まずは、バーテンのバイトを始めることからだ。

俺はさっそく、アルバイト先を探し始めた。

『フロムＡ』や『ａｎ』を見たり、街を歩き回って、とにかく、いろんなところを探したんだけど、カクテルとかしっかり創るようなバーのバイトってなかなかなかった。

最終的に千葉駅の近くにあった**「ショットバー　セント」**という看板の出ていた店に、いきなりトコトコトコって入ってみた。

バイトを募集しているかどうかは、わからなかったけど、何だかひかれるものがあった。

「すいませーん」

暗いドアをカッと開けたら、

ボトルがブウァーって並んでる。

カウンターがドーーンとあってネオンがきらきらしてる。

グラスがブラックライトに青く光る。

ナッツのビンが置いてあったり、木のコースターがあって。
ウッディーな感じも、グッド。

かっこぇー！
ここ、完璧じゃん！

あのトムクルーズの働いてたような、俺の描いてた通りの店がそこにあった。
まさにこれだぁ！
それで、店長らしき人に、いきなり
「すいません、アルバイトしたいんですけど、週何回でも何時まででもやりますけど、募集してませんか？」と聞いたら、
「ちょうど一人やめるとこなんだよ」という答え。

おう、はまった。

すげえラッキー。
バイトは簡単に決まった。
定休日の日曜日以外、週６日オール。
夕方の５時から夜中の１時ぐらいまで。
単車で通ってたから、帰りは遅くても問題ない。

時給は７２０円で、ピザーラよりもメチャメチャ安かったけど、バーのバイトは最低限の生活費をゲットすればいいから、なんとかなる。
俺は大好きだったピザーラでのバイトを辞め、作戦をガンガン進めるべく、「セント」というショットバーで働き始めた。

BARTENDER & PRETENDER

〜作戦遂行〜

アルバイトの初日、俺の最初の仕事は、先輩のジュースと弁当を買いにいくことだった。

「俺、コーラと焼肉弁当」

「俺は午後ティーのストレートとからあげ弁当。腹減ったから急ぎで」

あまりアゴで使われたことのない俺は、

かなりプライドを傷つけられながらも

「はい！わかりました！行ってきまーす！」

と、これ以上ない優等生な返事をして、おつかいに走った。

クッソー。

マジでムカツク。

なんで俺がパシリなんだよ……

開店してからの俺も、まるでサエなかった。

バーテンダー見習いというよりは、

洗い物＆ゴミ捨て係。

カウンターのはじっこで前に座っているお客さんのタバコの煙に目をシバシバさせながら、ひたすらグラスを洗い続けていた。

カウンターの中央で、スポットライトを浴びて、カッコ良くカクテルを創りながら、お客さんと楽しそうに話している先輩達を横目に、**緊張した顔で背中を丸め、目をこすりながら慣れない洗い物をしている俺**は、きっと超ダサだったに違いない。

マジで、トム・クルーズどころじゃない。

ダサい。ダサ過ぎ。

夜中の１時ごろにやっと閉店した後、指図されるままに独りで掃除を終わらせて、修理したばかりのバイクに乗ってボロアパートに帰ってきたのは、もう朝の４時近かった。

ベランダから朝日を見てたら、なんだか自分が妙にちっぽけに思えて、**やるせない気持ちで胸がいっぱいになった。**

アンニュイな気分.....
レベッカの**「MAYBE TOMORROW」**を聞いてたら、さらにブルー。
マズイ、マズイ。
初日からブルーになってどうする！
俺はＣＤを**MC ハマー**に変え、
元気を取り戻そうと頑張った。
こんなとこで、ウダウダ言ってる場合じゃねぇんだ！
とりあえず、目標！
１日も早く先輩達を抜かしてメインのバーテンダーになる！

ウリャウリャウリャー！

俺はキレた。
もう、**大学なんて行ってる場合じゃない**。
俺は、次の日から、バーテンダーの猛特訓を始めた。
バーでバイトしている以外の時間も、全ての時間をバーテン特訓に費やし始めた。
まず、本屋に行って、カクテルやバーテンダー関係のマニュアル本を７、８冊買いあさって、読破し、大事なところを赤ペンでチェックして、暇があれば見るようにした。
文房具屋で単語帳を買ってきて、カクテルの名前とレシピを３００個くらい書いて、死ぬ気で覚えた。
輸入酒店で、カクテル創りに必要な酒を２万円分くらい仕込み、東急ハンズでグラスやシェイカーを買い込み、家に新しく冷蔵庫まで買って、ボロアパートの小さな台所で本格的なカクテル創りの練習を始めた。
休みの日には、サヤカと一緒にバーをハシゴして、ずーっとバーテンダーを観察しながら、テクニックを盗んだ。
「店ノート」というノートを創って、他の店を見たり、本を読んでいて思ったことや、自分が持つ店ではこんなものを飾りたいとか、こんなメニューにしようとか、いいなぁ、と思ったことをどんどん書きためていった。
感想を聞くために、自分で創ったカクテルをサヤカが酔っ払って寝ちゃうまで無理矢理飲ませまくった。
バイト先では、相変わらず洗い物オンリーだったけど、お客さんの少ない暇な時間には、先輩達にわからないことを質問しまくっていた。
くっそー。早くバーテンダーの技術を究めてぇ。

とにかく、思いつくこと全てをやった。

そんなある日、カウンターのはじっこで、いつものようにひたすらグラスを洗っている俺に、渋いおじさん客が話しかけてきた。
「キミ、新人だろ。名前なんていうの？」
「あ、はい。タカハシアユムです」
「いつから？」
「え〜っと、２週間ぐらい前からです」
「そっか。にいちゃん、将来は本気でバーテンダーをやっていきたいと思ってる？ そうでもない？」

「いや、すごく思ってます。

俺、自分の店を持つことが夢なんですよ。

まだ、今は洗い物オンリーですけど。家で特訓中です」

「へぇ〜、そっか。気に入った。おじさんも長い間バーテンダーやってるから、なんかわかんないことあったら、なんでも聞いてきな」と言って、名刺をくれた。

それが、日本バーテンダー協会の技術部顧問、スダさんとの出会いだった。

超ラッキー。

俺はすごい師匠を見つけた。

それからというもの、俺は開店前の時間を使って、スダさんに個人レッスンを受け始めた。

開店準備を早めに終わらせた俺は、先輩達が来るまでの時間に、スダさんから秘密の特訓を受けていたってわけだ。

グラスの拭き方に始まり、ボトルの持ち方、シェイカーの振り方などのテクニックだけでなく、バーテンダーはどうあるべきかというような思想まで、俺はじっくり教わることが出来た。

「一度教わったことは、次に逢う時までに徹底的に練習していって、スダさんを驚かせてやる！」と自分に誓って、それを実行していくうちに、スダさんは喜んでもっともっと高度なことを教えてくれるようになった。

自分でも、自分の技術が飛躍的に伸びていくのを実感できた。

ナンバーワンになりてぇ！

必死に頑張ってはいたが、悔しいことに、なかなか先輩の技術にはかなわない。
アルバイトを始めてから２ヵ月くらいして、簡単なカクテルを創らせてもらえるようになってからも、常連のお客さん達から
「アユム君も上達してるけど、まだまだだね」
「味は悪くないんだけど、動作がまだバーテンダーぽくないんだよね」
なんて言われて落ち込んだりすることも多かった。

身近に自分よりすごい人がいるようじゃ、
将来、店をやっても成功する訳ない。

全然ダメだ。
まずは先輩を絶対に抜かす！
悔しい思いをする度に、俺の特訓はヒートアップしていった。
バーテンのアルバイトを始めてから３ヵ月になろうとする頃、俺は作戦通りに週に２回のペースで近所の引っ越し屋で日給８０００円のアルバイトを始めた。
バーテンダー特訓に集中しすぎて、お金を貯めるほうの作戦がおざなりになってはマズイからだ。
とりあえず、少しづつでも昼の仕事を始めなきゃ。
バーで深夜まで働いた後の引っ越しはちょっときつかったが、まだ週２日のペースだ。予定通り３年間でマスターになるには、なるべく早く引っ越しバイトも週６日にしなくちゃいけないんだ。
まだまだ甘いことは言ってらんない。
そんな気持ちで、引っ越しバイトで稼いだお金を、どんどん貯金箱に貯めながら、バーテンダー特訓に励んでいた。

FRIENDS & PARTNERS
～冒険の仲間たち～

ひとまず、作戦は順調だった。
骨折して退院し、バーテンのアルバイトを始めてからというもの、バーテン特訓と引っ越しバイトに全ての時間を費やし、めっきり大学に行かなくなって、大輔やセイジやけんたとも、しばらく逢っていなかった。
久々に寄ってみようかな。あいつらならまだ起きてるだろ。
バーのアルバイトの帰り、ビールを買って、夜中の2時ごろに大輔とけんたが一緒に暮らしているアパートに寄ってみた。
やっぱり、電気がついてる。
「ウィース！」
とか言いながら勝手に中に入ると、大輔とけんたと遊びに来ていたセイジが寝転びながらテレビを見てた。
大輔、ジャージ。けんた、パジャマ。
セイジ、トランクス。
ラッキー、3人揃ってる。
「おひさしぃー。ビール買ってきたよ。飲もうよ」

「オー、アユム」
「バイト帰り？」
「うん。まだ寝ないべ？」
「しゃーねぇーな。もうすぐ寝ようと思ってたのに」
けんたは眠そうだ。
「俺は、ぜんっぜんオッケーよ」
「おれも」
「おめぇーらはさっきまで寝てただろ」
「知らないもーん」
「もーん」
元気な大輔＆セイジと眠そうなけんたと、久しぶりに４人で飲み始めた。
「アユム、バーテンのバイトどうよ？ うまくいってる？」
「おう。バリバリ順調。俺さ、ホントまじで大学やめて、店やろうと思ってるんだよね」

「まじで？大学辞めんの？」

本気で大学をやめてまでやろうと思ってるんだっていう話をした途端、ちょっと、その場の雰囲気が変わった。
「え～、アユム独りでやんの？」と大輔。
「うん。今んとこ、その予定。まぁ、とりあえず、なにも決めてない」
「金とかどうすんの？」とけんた。
「今、引っ越しのバイトして貯金始めてるけど、まだ１０万くらい。これからだよ、これから。３年計画だから」
「へぇ〜、マジでやるんだ.....」とセイジ。
俺はその時、ピンときた。
この４人で店やったら独りでやるより、きっと楽しいぞ！
何か、ワイワイがやがや盛り上がって出来そうじゃん。
ＡＩＤＳの頃から、「いつか、４人で一緒に店でもやれたら楽しそうだね」なんていう夢物語を語っていたこともあったし。
しかも、４人でやるんなら、金ためるスピードも４倍だ！計画よりもずっと早く出来るじゃん！
「店、一緒にやらねぇか、４人で！」
俺は、思いつきで言ってみた。
「いいねぇ！いいねぇ！俺もやりてぇー！俺、絶対やる！」
大輔は即、賛成。相変わらずの軽いノリ。
「セイジはどう？ 一緒にやんねぇ？」
「う〜ん、今は何とも言えないよ.....大学もあるし....でもやりてぇーよなぁ....やっぱり...」
酒豪のセイジにしては、冷静な意見。
「俺は、もっと人間の心理っていうか、深層意識っていうか、そういうこと勉強したいし、店はいいや、今んとこは。やりたいっていう気持ちはあるし、楽しそうだけどね...」
けんたは、いまいちノリ気じゃない。
「あったぁしぃー、けんたくぅんとやりたぁい！ねぇ、ねぇ、けんたくぅ〜ん」コギャル風にけんたを誘う大輔。
「けんたなぁ、おまえ、そんな人間の心理なんてものは、本読んだりしてカリカリ学ぶもんじゃねぇーんだよ！」相変わらず強引な俺。
「確かに、そうかもしんないけど……でもさぁ、もし本当にやるとしてもさぁ、お金が問題だよ。何千万もかかるんでしょ….」
「そんなことねぇって。数百万で始めた人も実際にいるしさぁ。安い物件見つけて、４人でバリバリ働いて金ためれば、ぜんぜん不可能じゃねぇよ。俺、最初から独りでやる気だったんだし」
「いいよなぁ、俺達の店が持てたら…うるさい店長もいないしな。好きな音楽ガンガンにかけながら、好きな酒とか飲みまくって、かわいい女の子とかどんどん呼んで、超ＨＡＰＰＹじゃん！」大輔はすっかりその気だ。
「超美人に**『これ、俺の店だからゆっくりしてってよ』**なんて言ってみてぇ～」俺の率直な願い。
「かっこいいー！言ってみてぇ～、俺も！」大輔はもういい。
「けんたとセイジも、大学やめてやろうってことじゃないし、別にリスクないじゃん。とりあえず、４人で安い物件探してみねぇか？」
「う～ん..」
「そうねぇ～..」
「いい物件があったらやるってことで、とりあえず４人で始めようよ！」
「オッケー！」**大輔、キミはもういい。**
「そうだなぁ、とりあえず、探してみてもいいか…」セイジ、仲間入り。

「わかったよ….とりあえずね….」けんた、しぶしぶ仲間入り。
「オッケー！じゃ、明日でも、みんなで『カクテル』のビデオ見ようぜ！」
こうして、リアリティーのないまま、とりあえず４人の開店計画はスタートした。

４人で店をやる話が、リアリティーを持ち始めたのは、その、数週間後、津田沼のキングコングっていうバーで４人で飲んだときだ。
待ち合わせより、ちょっと早く行っちゃった俺と大輔は、暇つぶしに待ち合わせ場所の目の前にあった不動産屋を覗いてみた。
「物件チェック！」とか言いながら、アパート探しのノリで店内に入り、すぐそばにいた眼鏡のおじいちゃんに
「すいませーん、お店やりたいと思ってるんですけど、一番安い物件だと、今どれくらいのがありますかね？」なんて聞いてみた。
そしたら、なんと、すごい物件を紹介された。
「１００万！？ マジかよ」

100万円で開店可能。
家賃11万円。
習志野駅徒歩１分。

「すっげー！そんなのあるの？ ちょっと安すぎない？」
「でもさ、大輔。習志野ってどこ？そんな駅知ってる？」
「知らね。どこだい、それ？」
「まぁ、いっか。とりあえず、けんたとセイジにも早く教えるべ！スイマセーン、この物件の案内書もらえますか？」
俺達は案内書のコピーをもらい、キングコングへ急いだ。
「おいおい、これ１００万だよ、４人で分けたら１人２５万だよ、店できるよ、楽勝じゃん！」
「俺達って、ラッキーだな！」
「思ったより、店って安いんだな.....確かに、出来るよ、これなら！」
と超盛り上がり。
俺と大輔は当然として、セイジとけんたも映画**『カクテル』の魔力**にとりつかれてモードチェンジしていた。
急にリアリティーがビンビン出てきた。
１人２５万円で４人の店が持てる！
２５万なら、３ヵ月くらいあれば何とかなる。
超熱くなっちゃった俺達は、

「今から、この店見に行くべ」

「いいねぇ！GO！GO！」

地図を見ながら夜中に俺とけんたのバイクにそれぞれニケツして、その店をチェックしに行った。
途中でバンバン雨が降ってきて、４人ともビッチョ濡れ。

しかも場所が、すごいド田舎で全然見つからない。
さんざん迷った末に、ようやく地図に書いてある場所に到着。
オイオイ.......ショック......

「ボレー」

「ダッサイ」

「サイテー。やる気しねぇ.....」
その店は元スナックだった感じで、隣に「義経」っていう古びた居酒屋。
すげえ汚かった。
店のガラスもドロドロに汚れてる。
「まぁ、まぁ、とりあえず、ちょっと周りのシチュエーションを見てみよう」
もう朝になってて、ひとっ子一人いない。
駅は無人駅レベル、各駅停車がやっと止まるぐらいの小さな駅。
人は住んでるんだろうけど、駅前に区民ホールみたいなちっちゃい建物があって、今にも潰れそうな文房具屋とか十軒ぐらいあるだけみたいな感じ。

ダメ。もう全然ダメ。

いくら１００万っていっても、とてもこんなとこじゃ、トム・クルーズにはなれない。
「これ、消去！」
「違うの探すべ！他にも安いのあるよ、きっと」
「オッケー！」
甘くねぇな...やっぱ......

習志野ショックから数日後、3人が、俺のアルバイトしてる店に初めて飲みに来た。
「かっこいいじゃーん！」
「やっぱバーっていいな」
「うぉー、すげぇ...」
俺はバーテンダーとしてカウンターに立ち、3人はカウンター席に座って4人で飲みまくった。
店長は休みだったので、もう、仕事なんて度外視。
飲みに来ていた常連さん達も交えて、ビールをがんがん飲みながら、大輔が持ってきた「MR.BIG」のCDを大ボリュームでかけて、みんなで歌った。
俺はスポットライトを浴びながら、トム・クルーズ顔負け？の技を3人に披露した。

好きな音楽、好きな酒、好きな仲間に囲まれた自由な自分達の空間……

「マジで、楽しい！マジでカッコいい！」
「やっぱ、本気で店やろうぜ！」
「やるしかねぇ！」

パワー全開！

俺は今まで自分の進めてきた作戦をみんなに発表し、新しく4人のバージョンに変更した。
4人でやるなら、3年もかける必要はない。

1年あれば充分だ。

１年間、各自それぞれ修業しながら、物件を見つけ、お金をためればいい。
大学なんて年間半分は休みだし、はっきり言ってテスト前だけ行けばいいんだから時間はある。
うまくすれば、来年にでも始められる。
「物件探しは続けるにしても、それぞれ修業しとかないとマズイぜ」
「そうだな。オッケー。俺、モスやめて、どっかのバーでバイト始めるわ」
「俺も、塾講やめるわ。アユム、どっかいいバー知らない？ バイト募集してるところ」
大輔とセイジがバーでアルバイトを始めた。
けんたは、少しジャンルは違うけど、既に歌舞伎町のカラオケスナックで働いていたので、それを続行。
お金と物件は、まだはっきりしていなかったものの、気づいてみれば、**俺独りの夢だった「自分の店」は、いつのまにか４人の夢になっていた。**

「どんどん物件探そうぜ！」
それから４人で、不動産屋を回り始めた。
最初は物件の探し方なんて、何もわからない。
「とりあえずここら辺でやりたいよね」と、適当な駅で下りる。
駅前にある不動産屋に入って
「すいませーん、お店やりたいんですけど何かいい物件ありますか」

「いやー、ここにあるからちょっと見てみて」
アパート探すノリでパラパラパラパラってめくってみると、
３０００万円、３５００万円、２７００万円、３０００万円、１６００万円…..
「だめだぁー！」
「パース！」
でもモードとしては結構ノリノリだった。１００万円で出来る物件も実際にあったんだから、安い物件もいつかあるだろうみたいな気持ちだった。

「なんかお店やる人って、普通は銀行とかから、すごい安い利子でお金借りるらしいぜ。だからあんな大金をみんな使えるんだよ、きっと」という大輔情報をゲットして、銀行にも行ってみた。
千葉銀行が近くにあったから、まずは千葉銀行。
かっこなんてどうでもいい。
ジャージのズボン、Ｔシャツ、サンダル。
「すいませーん、ちょっと、なんかお店を始めようと思ってるんですけど、お金を貸すシステムみたいのを聞きたいんですけど。案内みたいなのがあったらもらえますか」
「融資課のほうでお願いします」なんかわけわからないほうに連れていかれた。
「じゃあ、ちょっと」と座ってると、あっちは俺の格好をみて、かなりネガティブな反応。

「お店といいますと、店舗関係の融資ですか」あっちが丁寧に聞いてくるので、
「まあ、そうです。どんな感じでお申し込みをすればいいんですかね」
「失礼ですが年齢はいくつになりますか」
「はい。２１歳です」
「ご本人さんがお始めになるんですか」
「はい」
「うちの融資のほうは２５歳以下の方にはしていませんので」
「あっ、そうですか………じゃあ例えば２５歳以上の人が申し込みに来たらいいんですか」
「いやあー………」とかもう完全にダメモード。
「わかりました、どうも」**だめだこりゃ。**
いくつか別の銀行にも行ったんだけど、やっぱり同じようなり

アクション。

う〜ん、やっぱり、そう簡単にはうまくいかねぇーなー。

俺達は、パワーダウンしてくるたびに、映画『カクテル』のビデオを見て、テンションを保っていた。

WINNER & LOSER
～勝負の瞬間～

安い物件も見つからず、銀行からもお金は借りられそうもない。
まぁ、ゆっくりやるしかねぇかなぁ～と考えていた。
そんなある日、俺達をワクワクさせる**ビッグ情報**が舞い込んできた。
俺のアルバイトしていた「セント」が経営不振のため来月末で閉店するというのだ。
オイオイ、バイトくびかよ……また探さなきゃ。
めんどうだなぁー。
最初は、ただムカついていた俺だったが、フッと大事なことに気づいた。
でも、まてよ。
潰れるってことは、新しく誰かに貸すってことだよな？
もしかしたら俺達…..
そう思った俺は、ダメでもともと店長に聞いてみることにした。
「店長、店長、来月で閉店になるって言ってましたよね？
あれ、確実なんですか？」
「うん、まいったよ。まぁ、この売上じゃ、しょうがないけどな」

「あの一、閉店した後、どうなるんですか、この店？」
「う〜ん、まだ何にも決まってないんじゃない？ オーナーが新しい借り主を探してるらしいけど、見つかってないみたいだし。当分は閉めたままにするんじゃないのかなぁ」
「本当ですか！あの〜、ひとつ相談があるんですけど.....」
「なに？」
「**俺、友達とやってみたいんですけど、この店....**ダメですかね？」
「本気かよ？ お金あるの？ 結構かかるぞ」
「だいたい、いくらぐらいですか？」
「まぁ詳しいことはオーナーに聞かないとわかんないけどさぁ。でも、おまえ、安くてもウン百万だぞ。用意できないだろ。スポンサーでもいるのか？」
「いや、いないっす。でも、何とかなるかもしれないから。オーナーさんに詳しいことを聞きたいんですけど、どうすればいいんですかね？」
「オイオイ、本気かよ。難しいぞ、この店は。おまえも働いてたから、わかるだろ。2階だし、お客さん来ないって。悪いこといわないから、やめとけって」
「でも、どうしてもやってみたいんですよ。この店好きだし、カッコいいし。まぁ、安ければの話ですけどね」
「しょうがねー奴だなぁ。まぁ、俺がオーナーに聞いといてやるよ。でも、あんまり期待すんなよ」
「ありがとうございます。よろしく頼みます」

「うん、わかった」
バイトが終わるとすぐに、俺はさっそく３人にこのことを話した。
「もしかしたら、俺のバイトしていた“セント”が俺達の店になるかもしれない」という話を聞いた瞬間、３人の目がキラキラ輝き出した。

あの店はまさに俺達の憧れの店だった。

テンションが一気に上がった。
ちょっぴり消極的だったけんたまでもが
強烈イケイケ君になりつつあった。
「まじかよ！スーパーラッキーじゃん！あんなカッコいい店やれるのかよ！マジで、安いといいんだけどなぁ…」と大輔。
「あの店かぁ。あの店で出来たらいいよなぁ。うん。いくらかかるかわかんないけど、出来る範囲だったら、ちょーやりてぇよ」とセイジ。
「それホント？ 俺、あの店は好きだよ！かっこいいもんなぁ….それに、あの店ちゃんとやればもっともっと繁盛するよ。パルコの前だし。う〜ん、あの店やりてぇ」とけんた。
俺達４人は、安く借りられることを、心から祈った。

３日後……..
バイト終了後、俺は店長に呼ばれた。
胸がどきどきした。
とうとう、いくらで借りられるかがわかるんだ。

頼む。２００万円か３００万円くらいで、どうにか……
俺は店長の言葉に耳を傾けた。
「オー、タカハシ。前に話してた閉店後のこと、オーナーに聞いて来てやったぞ」
「はい。ありがとうございます。で、どうですか？」
「う〜ん、一応、貸すのはオッケーらしいよ」
「よかったー。それで、いくらですか？」
「**保証金４００万円の家賃３５万円**だって。それが限度だって言ってた。これでも、頑張って交渉してやったんだぞ。ありがたく思えよ。」
「ありがとうございます。でも、あの〜、保証金ってなんですか？ ４００万円あれば店が出来るってことですか？」
「おまえ。そんなことも知らないのか？ あのな、保証金っていうのは、アパートを借りるときの“敷金”みたいなもんだよ。最初に預けておくお金だ。だから、店をやるためには、その保証金プラス、酒を買ったり、グラスを買ったり、内装とか外装をしたり、いろんなものを買うお金がいるんだよ」
「それって、結局全部でいくらくらい必要ですかね？」
「そりゃ、やりたい店によって違ってくるけど……まぁ、この店をそんなに変えずに始めるんだったら、保証金プラス２００万円くらいあれば何とかなるんじゃないかな。たぶん」
「そっかー。じゃ、全部で６００万ってことですよね」
「まぁ、目安な。目安」
「はい……あの〜、もしやるって決めたとしたら、いつまでにその保証金を払えばいいんですかね？」

「う～ん、特にオーナーは指定してなかったけど、やっぱり遅くても返事してから、１ヵ月くらいじゃないかな」

「１ヵ月間で６００万円かぁ……」

「で、どうする？」

「……….。あの～、仲間ともう一度話してからでもいいですか？」

「いいよいいよ。今すぐに決めなくっても。まぁ１週間ぐらいのあいだに返事くれってさ。詳しいことは、この紙に書いてあるから、じっくり検討してから決めな」

「はい。ありがとうございました」

「はいよ」

う～ん。６００万かぁ～。しかも１ヵ月。

きっつー。

せめて１年あればなぁ……１ヵ月じゃなぁ……

４人で６００万円ってことは、単純に１人１５０万円。

１ヵ月で１５０万円ってことは、１日５万円！

働いて貯めるのは絶対に無理だ……

死体洗いを死ぬほどやったってこんなには稼げない。

じゃ、どうする？

思いつく方法はひとつだな。

友達とか、先輩とか、いろんな人から借りまくるしかねぇ。

親には借りたくない。それはダサい。

う～ん、きついよなぁ….

ホントに借りられるのか、そんな大金….
やったことねぇから見当もつかねぇ…..

でも、絶対に、この店でやりてぇ。

こんなカッコいい店がこんな値段で借りられるなんて、めったにないチャンスだ。
くっそー。
どうする…..

２１歳の貧乏学生だった俺は
人生最大の交差点に立っていた。

このまんま、すんなり生きていくとすると、たいしてドラマチックなこともないままに、大学⇒就職⇒結婚⇒マイホーム⇒子供の成長⇒中間管理職⇒不倫⇒離婚騒動⇒仲直り⇒早朝ゲートボールと、メロドラマ風に平凡に展開していってしまいそうな人生。
目的もないままに滑り込んだ大学で、
サークルとバイトでだらだらと４年間を過ごし、
希望に燃えて入社した会社でも、あっという間に組織にのまれ、
やりたいことも出来ぬまま、やらなくちゃいけないことに追われ、
学生の頃の友達と久しぶりに会っても昔話しかできず、
「現実は甘くないね。俺たちももう若くないもんな」なんて苦笑する。

結婚が近いので、生活の安定を守るために嫌な職場を辞めることも出来ず、
毎日新しいこともなく、同じレールの上を行ったり来たり。
満員電車ではチカンと間違われ、
ちょっとぶつかったくらいでイライラし、
疲れた顔で週刊誌を読み、
「金があれば、時間があれば」が口癖になり、
にが笑いや営業スマイルが抜けなくなり、
あっちでほめて、こっちでけなす2重人格者になり、
おせじやでまかせを言うことが平気になり、
給料や小遣いの範囲でしか夢を描けなくなり、
自分の１０年後、２０年後までもほぼ想像できるようになり、
自分だけが夢や希望を失うのは嫌だから、他人の夢や希望までも鼻で笑うようになる。
安いスナックでウーロン杯を飲みながら若い女の子のおしりをさわり、「手がすべっちゃった。はっはっは、ゴメン、ゴメン」と寒く笑い、
酔っ払って団地に帰ると、女らしさのかけらも残っていないマグロの様な奥さんは、もう寝てしまっていて、独り寂しくカップラーメンをすすって眠る日々……
中学に入って、少し反抗的になってきた息子に向かって「父さんも若い頃はな、ずいぶんワルで恐れられたもんだよ。はっはっは」なんて、バーコードヘアーで太った腹をかかえて…

俺は違う！

そんな未来は欲しくないんだ！
やるなら今しかねぇ！

そんな時、あの合宿で１０００回もシャウトした例の言葉が頭に浮かんだ。

おれの人生　おれがやらなきゃだれがやる
今やらなきゃいつできる
おれはやる　いつ　今！

やるべ！やるしかねぇ！
やるなら今しかねぇ！
みんなは何というかわかんないけど、最悪、もし独りで６００万円になったとしても、絶対にやってやる。
死んでもやってやる！

俺は３人に６００万円という金額と俺の気持ちを伝えた。
「やろうぜ！マジで！」
「俺はやるぜ！絶対に！」と大輔。

「そうだよな。こんなチャンスめったにねぇよ、絶対。１ヵ月で１５０万円。俺もなんとかするよ」とセイジ。
「そうだよな。やるしかねぇーな、やっぱ。やるよ！俺も！」とけんた。
「やるべ！マジで！」
「うぉっしゃー！」
「オッケー！」
４人の誓いが成立。
俺達は、セントのオーナーに「やります」と返事をした。

もう、後戻りは出来ない。

お金集め作戦、開始だ！
「お店始めたいんで、お金貸してください！」次の日から、俺達４人は親以外のありとあらゆる老若男女に頭を下げ、借金のお願いに回り始めた。

俺がまず開いたのは

中学と高校の卒業アルバムだ。（ツール１）

卒業アルバムをドーンと引っぱり出してきて、電話番号の書いてあるページを見ながら片っ端から電話、電話、また電話。

それから、卒アルに負けないくらいに大事なのが

アドレス帳。（ツール２）

これも、片っ端から電話しまくり。

ピッポッパッピッポ....

プルルルル、プルルルル、ガチャ

「ハイ、進藤ですけど」

「もしもし、元港南中学のタカハシと申しますが、ノリユキ君いらっしゃいますか？」

「エッ、俺だけど。アユム？」

「オー、俺、俺。久しぶり！元気してる？」

「久しぶりだなぁー。どうしたのよ、いきなり」

「いや〜、あのさぁ、突然なんだけどさぁ、俺さぁ、友達とお店始めるんだよ。ほら、カクテルとか出すような、アメリカンバーってやつ」

「へぇ〜、すげぇじゃん。でも、アユムって大学行ってたんじゃなかったっけ？」

「うん。でも、最近ほとんで行ってなくてさ。大学で知り合った仲間と４人でやろうってことになってさ」

「マジで？どこでやんの？」

「千葉駅のパルコの前で」

「ふ～ん、よくお金あったじゃん。銀行かなんかで借りたの？」
「ううん。銀行なんて全くダメ。相手にしてくんなくてさ。**それでさぁ、お願いがあって電話したんだ....**」
「なに？まさか金貸してくれって？」
「うん。マジで悪いけど、よかったら貸してもらえないかな？ホント、１万円でもいいんだ」
「ゲェー。それで電話してきたの。
１年半振りに電話してきていきなり金かよ....」
「ゴメン。ホント、集まらなくてさぁ、困ってんだ。ちゃんと返すからさぁ、ダメかな？」
「でも、マジで返せんの？売れなかったら終わりだろ。そんな甘いもんじゃないだろ、店やるのって....」
「まあ、そうだけどね。でも万が一、店が売れなかったとしても、ドカタとかやって絶対返すから、心配ないよ。」
「う～ん......まあ、とりあえず、全部でいくら必要なの？」
「４人で６００万。だから俺の分は１５０万なんだけどね」
「６００万かぁ。大丈夫か、ほんとに？そんな借金背負っちゃって」
「うん、まぁ、そこら辺はいろいろと考えてるよ。じゃあさ、電話で話すのもなんだからさ、悪いけど、近いうち飲まない？その時、詳しい話するよ。いつでもいいからさ」
「悪いけど、オレ無理だ。あんまり金ないし。ゴメン」
「そっかー。ちょっとでも無理？」
「............」マズイ。

「いや、ゴメン、ゴメン。無理言って」
「いや、いいけど……」
「ありがとう。今度また飲もうナ」
「うん……じゃ……」
ガチャ、プープープープー
超ブラック……友達いなくなっちゃうよ……
精神的ダメージと電話代ばかりが増え、お金はなかなか集まらない。
ノートに、「伸二～１万円」とか、「オイピー～３万円」とか、「井上～ダメ」と、相手のリアクションや貸してくれた金額をグッチャグチャに書いては、泣く泣く電話し続けた。

俺の「お金貸してくださいデイズ」を整理すると、３つのステージに分けられる。

ステージ１　気軽な人々

まず兄弟、幼なじみ、いつも遊んでる仲のいい友達に電話した。
ここら辺の人には比較的頼みやすい。
でも、頼みやすい人に限って、「貸してもいいんだけど、金ねぇんだよ」という人が多かった。
まあ、みんな２０歳前後だからしかたない。
俺はそんな友達に、「その気持ちがあるなら、マジ悪いんだけど……**キャッシングしてくれない？**」って頼んでた。もう、人間としてギリギリのライン。殴られてもしかたないくらい、ヤバイお願い。
それでもオリックスに、全部で４人も行ってくれた。
感動。そして、心から感謝。
マネキっていう小学校のときの友達なんて、丸井で２０万＆日本信販で５０万、キャッシングして貸してくれた。
俺、震えた。みんな、ホントありがとう……

ステージ2　ちょっときつい人々

次は、最近会ってない高校のときの同級生、中学で仲の良かった奴、たまに遊ぶ程度のバイトの先輩など、
１つハードルを越えなきゃ頼めない人々。
ここら辺から、「おまえ、なに言ってんの？」とか、「それって、もしかしたらマルチ商法？」とか、かなりネガティブなリアクションが出てきた。

ステージ3　出来れば電話したくない人々

「ほとんど話したことないけど、とりあえず顔は知ってて、金は持ってるだろう」系の人々。
高校のとき仲の良かった担任の先生、あまり話したことのないバイトの先輩や女の子、**別れた彼女**まで……マジでブラックだった。

「やべぇ。まにあわねねぇ！この人に頼むしかねぇ！」
極限まで追い込まれるたびに、１つづつステージが上がってい

った。
「あーあ、辛えー」１０００回くらいつぶやきながら、
どんどんどんどん電話していって、
チョコマカチョコマカ借りていった。
ある人から、「企画書を見せてくれ」って言われて、「店が売れない場合」⇒「エブリデイ肉体労働」⇒「死んでも返済」という内容の**手書きの企画書**を創ったり。**（ツール３）**
それから、「お金を借りたことを証明するような書類を出して」って言われて、**念書**を何回も書いたりした。**（ツール４）**
「身体売っとくか….」そうつぶやきながら、薬物実験のバイトにも行った。
白衣を着せられて、意味不明な薬を飲まされて、１日に２０回くらい注射されて……
まさに人間モルモット。
でも、１回2泊3日で8万円。
これはデカイ。
それと忘れちゃいけない、大基本。
「とりあえず金になるものは全部売っとけ！」
自分がオケラにならないで、誰がオケラになるんだ？
もう、しょうがねえ。売るしかねえ。もうゴタゴタ言ってらんねぇ。
俺は大切にしてたバイク・ギター・サーフィン、果てはＴ－Ｂ

ＯＬＡＮのＣＤまで全部売った。

お金集めを始めてから、２週間が過ぎた。
その時点で、
アユム～１３５万円
セイジ～１０５万円
大輔～３５万円
けんた～１８万円
４人合計～２９３万円
という途中経過だった。
ウン。全体としてはそんなに悪くないペースだ。
俺はノルマの１５０万円近くに達していたし、まだ何人かアテがあったので、ノリノリ。
でも、要は全員で６００万円だから、結構ドキドキモード。
しかし、ここで天地をゆるがすような、大事件が発生した。
セイジが借りていた１００万円がチャラになった！
先輩の結婚が早まり、全額を返さなきゃいけなくなった。
１００万円がチャラ……
ということは、あと２週間しかないのに、４人の合計がまだ２００万円にも達していないことになる。
その事件をきっかけにして、みんなの不安が一気に大きく膨れ上がってしまった。
えっ、大丈夫なのか、俺達？

セイジは頼りにしていた先輩の１００万円がダメになったことと、親に学校のことや将来のことを、いろいろ言われて、ブルーになっていた。
けんたも思ったようにお金が集まらず、ブルーになっていた。
大輔もまだあまり本気を出してなくて、みんなの様子を見ながらやろうという感じだった。
けんた＆大輔ハウスで、俺達４人＋ピザーラの神様ワカサで飲んでいた。ワカサが

「やっぱ、店ってそんなに甘くないんじゃない。
おまえら結構ヤバいんじゃないの？
他人にキャッシング行かせちゃったりしたら」

まさに俺達が気にしていることを、ピッタリ突いてきた。
「そういうことって、社会的に見れば、かなりヤバいことだぞ」みたいな。
それで、セイジも
「俺も、今日さぁ、親に言われてさ…ちょっと自信なくなっちゃって……」なんて言い出した。
なんかマジで、「もうやめるか？」「今ならまだ引き返せるぞ」みたいなネガティブな雰囲気が充満していた。
ヤバいモードだ……
「なんか俺、本当にもう借りるあてねえよ…..アユムはいいけど、俺、友達少ねぇからな…..」なんて、言い出すけんた。

「いいのかなこんなことして.....こんな風に他人から金借りて、
店を始めても大丈夫かな.....」とセイジ。
無言でタバコを吹かす大輔.....
３人とも、**ブラックな波長**を出してた。
確かに、この２週間の間、ギャグにできないほど辛いことが多
かった。
「お金を借りる」というのは、予想以上に精神的にハードだった。
出来ることなら、俺だって、今すぐにでも、お金集めなんてや
めたかった。
でも、
こんなチャンスは、めったにねぇんだ！
今、やんねぇで、いつやるんだよ！
俺は絶対やめる気はなかった。
「ここまで来たら、やるしかねぇじゃん！やろうよ！マジで！」
「う〜ん....」
「そうだよな.....」
そんな話し合いの途中、大輔がスッといきなり立ち上がって、
隣の部屋でテレビを見始めた。
オイオイ.....てめぇ！
きっと、この場にいるのが辛かったんだろう.....
気持ちはわかるが、辛いのはみんな同じなんだ。
俺は超怒った。
「大輔！来いよ！おめえ、やる気ねえなら帰れよ！

ふざけんなよ！１回やるって言ったのによ.....」

俺は悲しかった。

「俺は、独りでもやるからな！
もういいよ！おまえらよ......」

そう言ったとき、ちょっぴり、涙が出そうだった....

残り２週間で、独りで６００万円を集められる自信なんてなかったけど、こうなったらやるしかねぇと俺は腹をくくっていた。

「俺もやるよ。すまん....」

「俺も」

「俺もとりあえず頑張ってみるよ」

そうだよ。最後まであきらめないで、やろうぜ......

期限の日が１週間に迫った。

どうみても、「今、動かないとダメだ！」という時期になった。

けんたは、命の次にずーっと大切にしてきた愛車（バイク）を売る決意をした。

ピッピッピッピッと中古バイク屋に電話して、

「あの、オートバイを売ろうと思ってるんですけど」

「どんな機種ですか」

「ＴＺＲの９２年型です・・・
大体いくらぐらいになりますかねえ」

「１２、３万ですかね」

「ふざけんなよ！てめぇ！」

ガチャッ！プープープープー

怖ぇ.....

けんたブチきれ。

最終的に、けんたの愛車は２０万円で売れた。

でも、まだ足りなかった。

だから、俺も付き合って、けんたがバイトしてた歌舞伎町のカラオケスナックの先輩にお金を借りに行った。

その店は場所柄、先輩がほとんど族上がり。

親衛隊長だったとか、すげえ怖い人ばっかり。

バイトリーダーで超コワのサトウさんっていう、バリーッとリーゼントでキメてる人がいた。

「髪に触ったら殺す」とか、明言してるような人。

もうけんたは、その人に頼まなきゃいけないぐらい追い込まれてた。

「サトウさーん、ちょっとお願いがあるんですけど.......」

「んあ？今井かぁ。なんだ？」

「あの一、僕達、お店始めるんですけど、もしよかったらでいいんですけど、少しでもお金貸してもらえませんか？」

「かねぇ？今、金持ってねぇーよ、俺」

「あ、そうですか.....あの〜、ホントによかったらでいいんですけど、オリックスっていうローンの保証人になってもらうっていうのは、ダメですか？ もちろん、絶対に、死んでもきちんと返済しますので」

「ふざけんなよ...」

「す、すいません」やばい、やばい、逃げろ……
つれぇ〜、何でこんなことまでしなきゃいけないんだ……

毎日がデビルな体験の連続だった。
「できるか、できないかじゃねぇんだ。やるしかねぇんだ」と呪文のようにつぶやきながら、金も全く使えないで貧乏な暮らしをしながら、みんながむしゃらに動き回ってた。
辛いときは、『カクテル』のビデオを見て、なんとかパワーアップしてた。
大輔は最後の１週間で超スパート。モスバーガーのバイトの先輩を、バイトが終わったあと、一人づつ一人づつ語り落としていって、３０万、２０万、３０万と連続で借りていった。
セイジも、１００万ショックから立ち直って、塾の先生や、先輩に話したり、自分が今までずっと車を買おうと思って貯めてた貯金とかも全部ダンクシュート。

その日までに金が集まってないと終わりっていう最終契約日まで、あと３日間。
まだ足りない…..
最後は、大輔が
もらいたてのバイト代８万円、ダンクシュート。
今月の生活費はどうするの…..
そんなの知ったこっちゃない。
とりあえず４人とも、**有り金、ダンクシュート。**

俺は**妹の金奪ってダンクシュート。**

そして迎えた締切前日の夕方.....

俺達はけんた＆大輔ハウスのこたつに４人で座っていた。

積み上げられた札束.....

けんたが数えている。

１００万、２００万、３００万、４００万、５００万....

６００万！....６２０万円.....

６２０万円！！

うぉー！

ついに！ついに！つーいーにー！

俺達はやり遂げたんだ....

ウォリャー！
ヨッシャー！ヨッシャー！
ガッツポーズ！

「俺達って神？ねぇ？神？神？」
「まかせろぉー！」シャウトの連続。
「超、感動.....」って浸ったりして。
次の日、厳重な警備体制のもと、駅前の銀行からお金を振り込み、契約を済ませ、俺達は、遂に「自分たちのお店」を手に入れた。

HAPPY & GIPSY

～嵐の後の楽しさ～

契約を済ませ、カギをもらったとたん、俺達４人はバイクを飛ばして速攻で店に向かった。
「記念すべき瞬間だね」なんて話しながら、みんなでガチャッと扉を開け、中に入った。

「きったねぇ～」

「あれまっ」
「あちゃー。まず、大掃除からだな！」
閉店してから１ヵ月ほど人の入っていない店内はとっても汚かったが、そんなことは、**全くカンケーなかった。**
俺達は、超フルボリュームで、ブライアン・アダムスや、ロッド・スチュアートをガンガンにかけながら、「ヘイヘイハニー！」「ベイベー！オッオーベイベー！」と歌いながら、ビールをゴクゴク飲んで、ハイテンションで掃き、拭き、洗い、磨いた。

店の名前やコンセプトも考えた。
みんが好きだった**『ロックンロール』**と**『ノーマ**

ン・ロックウェル』というイラストレーターの名前をとり、

「ROCKWELL'S《ロックウェルズ》」

という名前に決定。
サブタイトルは、映画『カクテル』にちなんで、

～COCKTAIL&DREAMS～

にした。

「とりあえず、オープンは金曜日にしよう。３月から家賃が発生するから、２月最後の金曜日....ってことは、２６日だ。やべぇ、あと２週間しかねぇ」
２週間の開店準備期間は、まさに文化祭状態だった。
なんか楽しくてしょうがないから、みんな寝袋とか持ちこんで泊り込み。
朝から晩まで、開店準備に明け暮れた。
「大輔＆セイジ、買い出し部隊、渋谷のハンズへ行ってまいります」

「うむ。しくよろ」

とか何とか言いながら、お酒、グラス、調理道具、店内に飾る雑貨、看板、アロンアルファなどなど、とにかくあらゆるものを買い出しに行ったり、

「隊長！ゴキブリ君、３名射殺しました」
「うむ。よきにはからえ」

なんて言いながら、棚や備え付けの冷蔵庫を整理したり、

「アユム先生、この絵はここに貼ってよろしいでしょうか？」

「うむ。よかろう」

「けんた先生、テーブルはこの位置でいいんですかね？」

「知らね！自分で考えろ！甘ったれるな！」

なんてふざけながら店内を飾っていったり、とにかく忙しい。

こっちではトントントントントントン。

あっちではペタペタペタペタ。

カウンターでは、バーテン担当の俺とセイジでカクテルの練習。

「これどう、飲んでみて。俺のオリジナルだぜ」

「ゲッ。まずいよ、このカクテル」

「マジ？」

もうとにかく大変。

ジャンケンで負けたけんたは、保健所と税務署と警察をハシゴ

して、すべての手続きをゼロから教わりながら、悪戦苦闘。
疲れがピークに達すると、踊ったり、舞ったりして現実逃避しながら、開店準備も着実に進み、オープン前日には、ほぼ準備完了。
後はオープンを待つだけだ.....

GOAL & START

～勝利の美酒～

そして、遂にオープン当日を迎えた。

俺は今日のために買ってきたリーバイスのワークシャツを着て、ハーモニカネックレスを首にかけ、準備を終えた。

ヨォーシ、バッチリ！

３人の準備を待つ間、俺は店内をゆっくりと歩きまわりながら、熱くなっていた。

この店は俺達の店だ……

ずっとずっと欲しかった自分たちの店だ。

とうとう手にいれたぜ……

へっへっへっへ。

やっぱり、**やりゃーできる。やりゃーできる。**

やりゃーできるんだ。

サイコー！

好きな酒に囲まれて幸せそうなセイジも、

好きなCDを100枚近く持ち込んでニヤニヤしている大輔も、

「じゃんじゃん儲かって、１日も早くバイクを買い戻してやる！」
と燃えるけんたも、
みんな準備が終ったみたいだ。
さぁ〜て、始めるか。

「よし！オープンしようぜ！」

俺達は看板を出し、店を開けた。

１時間後……

店内は、**人、人、人、人、人。**

４人の友達やら、先輩やら、見ず知らずの人まで、うじゃうじゃうじゃうじゃうじゃうじゃと、たくさん人が来てくれて、歩けないぐらいの超満員。

「開店おめでとう！」

「おめでとう！」「おめでとう！」「おめでとう！」

「カッコいい店じゃん！」

「この店サイコーじゃん！」

「すげぇー。この店、すごいよ.....」

お客さん達も、みんなＨＡＰＰＹな表情で盛り上がってる。

ヨォッシャー！**みんな、ホントにありがとう！**

マジでありがとう！

THANK YOU!

I LOVE YOU!

そして、俺達はこの店で最初の乾杯をした。

「終わらない夜と、終わらない夢に…そして、

今日という伝説の始まりに…….乾杯！」

かんぱぁーい！

出発点になった、映画『カクテル』の世界が、目の前にあった。
俺は今、トム・クルーズになった。

BOOGY-WOOGY '97
～終らない夢と終らない夜に～

気軽なカッコでみんなが集まる
オレらのAMERICAN BAR
今夜は上から下まで　HAPPY NIGHT!
HAPPY NIGHT!

バーボン片手に夢を語るぜ
未来のスーパースター
POLISY HEALTHY　そんなのいらないぜ

BOOGY-WOOGY　BABY
BOOGY-WOOGY-WOOGY BOYS
BOOGY-WOOGY　BABY
BOOGY-WOOGY-WOOGY GIRLS
リズムに合わせてグルーヴしようぜ
流行の服も古びた服も脱ぎ捨てて

すべては今　ここから今
始まっていくのさ
昔のことも　昨日のことも
俺にとっちゃカンケーないね！

すべては今　ここから今
始まっていくのさ
変わり続けて　転がり続けて
毎日　STARTING　OVER
あんたも　STARTING　OVER
みんなで　STARTING　OVER

BOOGY-WOOGY　BABY
BOOGY-WOOGY-WOOGY BOYS
BOOGY-WOOGY　BABY
BOOGY-WOOGY-WOOGY GIRLS
カクテル色したリップがキラリ
昔の彼氏も今の彼女も投げ捨てて

すべては今　ここから今
始まっていくのさ
昔のことも　昨日のことも
俺にとっちゃカンケーないね！

すべては今　ここから今
始まっていくのさ
変わり続けて　転がり続けて
毎日　STARTING　OVER

すべては今　ここから今
始まっていくのさ
昔のことも　昨日のことも
俺にとっちゃカンケーないね！

すべては今　ここから今
始まっていくのさ
変わり続けて　転がり続けて
毎日　STARTING　OVER
あんたも　STARTING　OVER
みんなで　STARTING　OVER

第5の冒険 DEAD OR ALIVE

ゴムなしバンジー！？雪山遭難！？死んだらゴメン！

1994年2月26日
俺達のロックウェルズは
華々しいスタートを飾った。

FLY LIKE A BIRD
～死んだらゴメン！手創りバンジージャンプ大会～

開店フィーバーの夢のような日々は、あっというまに終わった。
１週間もすると、友達もめっきり来なくなり、音楽だけがガンガンに鳴り響く寒い空間....
やべぇ。客が来ねぇ。店員のほうが客より多いじゃねぇか.....
このままじゃ、借金が返せねぇ......なんとかしなくちゃ.....
さすがにビビった俺達は、いくつもの作戦を練り、実行に移した。
まず、１０００円サービス券をたくさん作って、駅前のデパートに侵入、美人の店員さんに片っ端から配りまくった。
「おきゃくさまー」 とか宝石屋の姉ちゃんに呼ばれた日にゃー、こっちから誘いまくり。
デパートが閉店した後は、夜の街に繰り出して、女の子に声をかけ、ゲットして店に連れてくるまで帰ってこれない。
ノルマ付きナンパ。
「ウチの店は目立たなすぎるから客が来ねぇんだ！」と、アメリカのでかい国旗を入口に掲げてみた。
そしたら、外人が来る来る。**エディー・マーフィ系か**

らトム・ハンクス系まで、わしゃわしゃと外人のお客さんが来るようになった。
さらに、入口にスピーカーを置いて、ロックをガンガンに流し始めたら、ミュージシャンや音楽フリークな人達も増え始めた。
「見たこともない、すげぇメニューブックを創ろう！」と、１００種類以上のバーボン、１００種類以上のカクテルすべての写真を掲載し、名前の由来、アルコール度、味覚などを詳しく説明した、**辞典顔負けのスーパーメニューブック**を創った。
「やっぱりパーティーで楽しもうぜ！」と、２週間に１度は友達のバンドを呼んでロックンロールパーティーを開いたり、お客さんの入らない月曜日にフード持ち込みの１０００円飲み放題パーティーをやったり、店主催のパーティーをバンバンやった。
うざったいテーブルチャージや消費税も全部やめた。
「世界最強の店を創ろう！」といろいろな作戦を必死に実行していくうちに、少しづつ、少しづつ、結果もついてくるようになった。
「俺のロックウェルズは世界最強の店だぜ！」
俺達４人が自信を持って、そう言えるようになった頃から、売上はグーンと伸び始め、ロックウェルズは、軌道に乗り始めた。

オープンから、半年を過ぎる頃には、常連といわれるようなお客さんもグングン増えてきて、その中には、お客さんというより友達といったほうがいい奴らもいっぱいいた。

閉店後に、店で知り合ったみんなと飲みに行くことは多かったが、野外で遊ぶイベントがない。

「なんか、毎晩飲んでばっかりいてもなぁ.....」

「みんなで熱いイベントをやろうぜ！アウトドアもので」

「いいねぇ〜。たまには、健康的に外で遊びてぇー！」

そんな話から、カウンター越しに、みんなでいろいろ考え始めた。

バーベキュー、キャンプ、ソフトボール、ツーリング、釣り....

いろいろアイデアは出たが、イマイチありきたりでつまらない。

平凡すぎて、これじゃ、ほのぼのロックウェルズ。

ロックウェルズ主催のイベントなんだから、ありきたりじゃなくて、スリルとサスペンスに満ちたイベントがいい。

そこで思いついたのが、**バンジージャンプだ。**

「バンジージャンプやりてぇ！」

「いいねぇー、そういう熱いのがいいよ！」

バンジージャンプこそ、まさに俺達の好きな、

度胸の試される勝負。

「でも、バンジージャンプなんてどこでやればいいんだろーな？遊園地にあるやつとかにする？」

「やだよ！遊園地のインチキなやつじゃなくて、本物の橋から飛び降りるやつがいいよ」

「外国に行かないとできねえよ、きっと」

「外国はさすがに無理だろう...金も時間もねぇし....」

「でも、やりてぇなぁ......」

う〜ん。
そうだ！俺はひらめいた。

「ねぇ、自分たちで創れねぇかなぁ？バンジー」

また始まった……みんなのあきれた視線。
「出来ねぇって！」
「やばいって！」
「そうでもないかもよ。だってさぁ、まず必要なものっていえば……」
無謀にも俺は、バンジージャンプを創るための作戦を考え始めた。
とりあえずバンジージャンプをやるためには、バンジージャンプ専用の強力なゴムを手に入れなくちゃいけないよな。
うん。これはとりあえずアウトドアショップでも回ってみるしかねぇーな。そんで、それを手に入れることが出来たら、次は橋が必要だ。どこかの湖で手頃な高さの橋を見つければいい。
さすがに５０メートルとか本物並みの高さは危険過ぎるけど、２０メートルとかだったら不可能じゃない気がする。
後は、人の体重と同じくらいの砂袋でも落としてみて、何度か実験すりゃ、なんとかなるでしょ。
おっ、出来そうじゃん！
「ほらっ、なぁ。出来そうだべ、この作戦なら！とりあえず、やってみるべ！」
「う〜ん、そうだな。まぁ、とりあえずやってみっか！バンジーやりてぇしな」
オッケー。
これだけで説得される3人は、やっぱり**愛すべきバカ**だ。
俺達はまず、バンジージャンプ専用ゴムを探しに千葉パルコの6階にあるアウトドア用品店へ行ってみた。
代わりになる様なものならあるかもしれない。それに、店員に聞けば、専用ゴムの入手方法が分かるかもしれない。
でも、バンジージャンプはそんなに甘くなかった。
どの店に行っても、誰に相談しても、答えは決まって
「ばか！やめろ！」だった。
ロックウェルズの仕事も忙しかったし、俺達は、さすがにゴムを探すのが面倒になり、まずは橋を探すことにした。
千葉県の房総半島にある**亀山湖**という湖が候補に上がった。
「じゃあ、とりあえず亀山湖に下見に行くべ」
お店の閉店後、夜中に店に残ってた俺達4人とあと2人の友達で、車で出かけた。朝、現地に到着、ちょっと車の中で仮眠して、亀山湖を探索し始めた。
プラプラ歩いてたら、10分もしないうちにバンジーに適した橋を発見！
水面から15メートルくらいの高さ。
「イイ感じの橋じゃん」とか言いながら、6人でゾロゾロと橋の上に行ってみた。
オイオイ、けっこう高いな……
「うん。この橋でオッケー。今度、ゴムと砂袋をゲットして、実

験に来ようぜ」
「そうだな」
「なんか、意外と簡単に見つかっちゃったな」
俺達は予想外に簡単に橋を見つけてしまい、何だか拍子抜けしてしまった。
「何だか、ここまで来て、すぐ帰るっていうのも、もったいねぇな」
「そうだよな～」
「ボートでも乗る？」
「男同士でボート漕いで、なにが楽しいんだよ！タコ！」
「アッ、いいこと思いついた！きょうはゴムないけど、一発、**ゴムなしで飛んでみねぇか？**」
「エーッ、こっからゴムなしで飛ぶんかい！」
「それって、ゴムなしバンジー？」
「要は、**ただの飛び降り自殺じゃん！**」
「ここまで来たらやるしかないっしょ！」
「やりますか！やっちゃいますか！」
「マジで？本気でやんの？」
「でもさぁ、深さは大丈夫かなあ」
「ここ、おれブラックバス釣りで来たことがあるけど、大丈夫だよ、深いよ」
「ああ、本当」とかそれでＯＫ。
水中に飛び込んでから、岸まで泳ぐのもたいへんだから、救出用にとりあえず手漕ぎボートを借りてきて、２人はボートで橋の下に待機することになった。
「で、誰が最初に飛ぶの？」

ジャンケンポイ！アイコデショ！ショ！

ショ！ショ！……

げげっー！

最悪……俺は見事に敗れ去った。

１０月だっつぅーのに、ジャンパーもズボンも靴下も全部脱いで、トランクスいっちょになって、橋の手すりに立ち、ふらふらしながら下を見降ろしてみた。

たっけー

マジで、シャレになってねぇ....
実際にゴムなしで飛ぶとなると、真剣に怖い。
１５メートルは、ハンパじゃない高さ。ビルでいうと5階以上。
ゾクゾクゾクゾク....背筋に快感。
カタカタカタカタカタカタ....アゴの震えが止まらない。
う〜〜、あ〜〜、怖え.......

ホント、やばいよ、これ。

やめたほうがいいよ。
でも、もうここまできて、「飛べない」という選択肢は存在してない。
みんな、他人ごとで、ニヤニヤしながらゴー！ゴー！とかシャウトしてる。
ふっー。もう逃げ道はねぇ....
行くしかねえ！俺は覚悟を決めた。
「せーの、ウリャー！」
奇声を発しながら、俺は大空へ舞った！
バシャーンッ...ブクブクブクブク.....
「おーっ...... **おっ、生きてる、生きてる！**
でも、さみぃー」
１０月だから、水の中はかなり寒かった。
ブルブルブルブルブルブル......
俺は震えながらボートで岸まで運ばれ、無事に生還した。

俺の実験によって、ゴムなしでも安全だとわかるやいなや、みんなポンポン飛びはじめた。
ソイヤァ！ヒュ――――――――、ボッチャーン！
オラァ！ヒュ――――――――、バッシャーン！
「ムチャ怖ぇー！でも、楽しい！」
「刺激的！しびれるー！」
「なんだか、楽しいじゃんよ！」と、
俺も**バンジーハイ**になり、さらに2回も飛んだ。
みんな、繰り返し飛んで、何だか楽しくなっちゃった。
「こりゃ、楽しいから、このままゴムなしでイベントにしちゃおう！」
「待ってる人が暇だから、バーベキューとかもやろうよ」
「いいねぇー！大勢でやったほうが楽しいもんな」
俺達は帰ってから、さっそく用意を始めた。

「ゴムなんか何でもいいよ、カンケーねえよ。どうせ飾りなんだし」と割り切って、ホームセンターで、きし麺みたいな厚さ2ミリ、幅1センチぐらいの薄くて平べったいゴムを30メートル分買ってきた。
「本当にこんなゴムで、大丈夫かなぁ？」
「いいよ、いいよ、ゴムなんてどうせ飾りだって言ってんだろ！」
「そうだけどさぁ……」
とりあえず俺達は飛んじゃってるから、ゴムなしで落ちても大丈夫っていうことがわかっている。

ゴムは飾りで、本当は橋から湖にダイブするだけのイベント。

「でもそれは**来る奴にはナイショな**」

「オッケー」

イベント名

「死んだらゴメン！

手創り料理と手創りバンジージャンプ大会ＩＮ亀山湖」

本当はただの飛び降りだけど、一応、イベントタイトルにはバンジージャンプっていう言葉を使った。

ただの飛び降りって聞いたら、きっと誰もこない……

チラシを作ってまいたら、当日、参加者 **４２人。**

死んだらゴメン！手創り料理と
手創りバンジージャンプ大会ＩＮ亀山湖

日時／10月26日（日）

場所／亀山湖（千葉県）

費用／1000円（バーベキュー代）
交通費各自負担

集合／AM9:00　千葉ROCKWELL'S

注意事項／　1. 着替えを持参すること、
2. 心臓の弱い方、血圧の高い方、高所恐怖症の方、
命の保障はありません。
3。ちなみに、雨天決行。

ROCKWELL'S

ワァーオ！
「マジかよ、よく来たなあ。こんなイベントに」
かわいそうな子羊たちよ.....
俺は自分で主催しておきながらも、彼らの行く末に同情せざるを得なかった。
「みんな、出発すんぞー」
朝の９：００に俺達の店に集合してワーッと車１０台の大群は出発した。
亀山湖に着くと、いきなり雨が降ってきた。
「やっべえ、雨降ってきちゃったよ」
「どうせ濡れるんだから、一緒でしょ」とか言いながら、駐車場に車を止め、下見をした橋に向かった。
「オーーーーイ」
「**水が。水がねぇ......ヤバイ.......**」
なんと、湖を見たら、おもいっきり減水していて水がない。
さすがにそれを見たときは青くなった。
４２人もの人を誘って、雨の中、ここまで連れてきて、「水がないから中止」というわけにもいかない。
でも、**３０センチぐらいしか水がない。**
どう見てもこれはできない。
いくらアバウトな俺達でも、ここで飛び込め！とは言えない。
絶対に死ぬ。
マズイな......
後で調べたら、亀山湖はこのシーズンに毎年減水するらしい。

２週間ぐらい前に下見したのに、３日前に減水は行われていた。
なんという不運。
「とりあえず、バーベキューをやりながら待っててもらって、
なんとか飛び込める橋を探さなきゃ」
俺とセイジは車で走り回って、代わりに飛べる橋を捜し回ったんだけど、みつからない。
基本的に、湖全体が減水してるから、どの橋に行っても水深は１メートルもない。
「奥のほうに行ってみるべ」
「急がなきゃ。みんな待ってるよ……」
人が誰もいないような奥のほうに入って行くと、水深がありそうなエリアを発見。
しかも２つも橋がある。
１つは水面から５０メートルくらいある大きな橋で、さすがにダメ。
もうひとつの橋は、そこまで高くはないが、下見の時の橋よりはちょっと高い。
「あれ、前の橋よりも高えぞ」
「大丈夫かな」
でも、みんなを雨の中、すでに１時間も待たせちゃってる。
もうさすがに始めないとやばい。
これ以上待たせたら、帰っちゃうかもしれない。
今すぐにでもみんなを呼んで、始めなきゃいけないっていう状態。

でも、橋から湖面を見下ろすと、**とがった杭がちょっと水面から出ている**のが見えた。

「あの、とがった杭に串刺しだけはヤバイぞ.....」

「そうだよね。一応、水の深さと障害物だけはチェックしないとやばいな」急ぎながらも冷静なセイジ。

「しょうがねぇ。俺、潜って見てくるわ」

俺は、大急ぎで手漕ぎボートを借りて、橋ゲタの近くまで漕ぎ、「行ってきまーす」と、やけくそになって海女さんみたいなスタイルでポチャーンと凍えるような冷たい水に入った。

つめてぇー！

１０月だっつぅーのに、再びトランクスいっちょ。

潜ったはいいが、**水が汚くて何にも見えやしねえ。**

しかも超寒い。死ぬほど寒い。皮膚が痛い。

まあ、底が見えないから大丈夫だろう、寒すぎるからもう上がっちゃえ！限界！

「ＯＫ、ＯＫ！大丈夫、深さも障害物も**問題ない！安全！**」

俺はセイジに報告。

大ウソ。超アバウト。

もう知ったこっちゃねぇ。

「そんじゃ、とりあえず実験でだれか飛んでみよう。それで、大丈夫だったらすぐにみんなを連れてきて始めよう！」

あいかわらず、急ぎながらも冷静なセイジ。

「う、うん。そうだよな」

「誰が飛ぶの？」なんて選んだりしてる余裕はない。

１秒でも急がなきゃいけない。

どうせ濡れてるなら………アユム…..

無言の空気が流れた。

やっぱり俺かぁ…….

なんでこの展開を予想できなかったんだぁ….

こんなことなら、ちゃんとチェックしておくんだった…

「俺が飛ぶよ！」 そう宣言するしかなかった。

橋の手すりの部分に立って、スタンバイオッケー。

下を見ると、この前の橋より、あきらかに高い。

目線の高さは２０メートル近い。ビルの７階。

前回より、さらに **2 フロアーＵＰ。**

ゲンカイオーバー、ゲンカイオーバー、キノウヲテイシシマス…

俺の頭の中のコンピューターがサインを出している。

セイジは障害物も深さも問題ないと思っているが、本当はまったくもって確認してない。

これは、**もしかしたら本当に死ぬかも……**

リアルなＭＹ死体のビジュアルが頭をよぎった。

死ぬパターンは２つ考えられる。

１、水中に隠れているとがった杭にザクっと串刺死。
（くしざし）

２、浅くて地面に直撃⇒全身複雑骨折⇒泳げない⇒溺れる⇒

（どざえもん）

どっちにしても、ブラック。

でも、時間もなかった。

もう飛ばなきゃマジでヤバイ。

しょうがねえ。

「死んだらゴメン！手創りバンジージャンプ大会！」だと？

もう、2度とこんなイベントやんねぇ。

さよなら、サヤカ.....おふくろ、すまん......

「せ〜の、オリャー！」

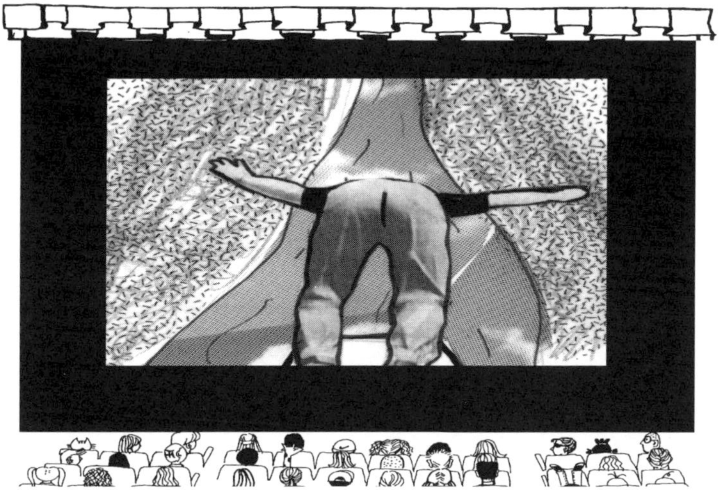

と超テンション高めて飛んだ。

ボシャーン！

あっ、痛ッテエ！

全身が痛い………

俺？生きてる？

オー、とりあえず生きてるらしい…..

フーッて水面に浮いてきて

「ヤッターッ！」心の底からガッツポーズ。

生きてるって素晴しい！

「オッケー、バンジー出来るよ。早くみんなを呼んで来て始めようぜ！」と絶叫。

ボートに乗ったら、ブワーって**スッゲー鼻血。**

「ヤッベー超鼻血出てる、何でかなあ」
「鼻を打ったんだよ、鼻。いやあ、何かやっぱヤバイんじゃないの、ここ」
「大丈夫でしょ」
大丈夫もへったくれもねぇ。
危険？なにそれ？
おまえらも死ね！死んでしまえ〜！
デビルアユムがささやいていた。
みんな呼んできて、どんどんそのきし麺みたいなゴムをつけて、**ピョンピョンピョンピョン**飛ばした。
恐怖のあまり**「おかあちゃーん！」**とマジで叫ぶヤツもいて、超爆笑。
ビビッちゃって、なかなか飛ばないヤツもいる。
だから「行けっ、オラアッ」と言ってボンッて背中押したりしてた。
暗くなり始めて、雨も降り続けていた。
「よ〜し、今日はこれで終了！片付けて、帰ろうぜ！」
結局、全員は飛べなかった。
橋の高さときし麺みたいなゴムを見て、「私、飛びたくない」という女の子も多数。
挫折した男も多数。
こんな恐ろしいものだとは思ってなかったらしい。
あたりまえ。俺も思ってない。

みんなでビチョ濡れになりながら、何とかロックウェルズに帰ってきた後、この危険なイベントの主催者である俺達は、責任を追及され、その夜の打ち上げは全額俺達のオゴリになってしまった。

CLIMB TO THE TOP

～死んだらゴメン！雪山遭難ツアーIN根子岳～

ゴムなしバンジーをやった後、この「死んだらゴメン！シリーズ」は楽し過ぎるという話になった。
「よし、次やっ」
「ゴムなしバンジージャンプの次は、雪山探検だな」
「なぜ？」
「シーズンが冬だから」
「うむ」
「**雪山はマジで死ぬかもしんねえ、**危なすぎるよ」
「やるしかねえだろう、もうそんなビビッてる場合じゃねえだろう」
「そうだよ。それぐらい熱いイベントじゃないと、やりがいないでしょ！」
なにが俺達をここまで死に向かわせるのだろう……
こりない俺達は、さっそくプランを立てた。
菅平スキー場のリフトを数本乗り継ぎ、一番上まで上がったところから、根子岳っていう雪山を登る。

標高１０００メートルオーバーのところからスタート。

死んだらゴメン！
雪山遭難ツアー
ＩＮ根子岳

日時／１２月１４日～１５日

場所／根子岳（菅平スキー場）

費用／１３.０００円（宿泊代、バス代、飲食費含む）

集合／１４日　AM0:00　千葉ROCKWELL'S

注意事項／

１. 雪山はとにかく寒いので、着込んで来ること。スキーとは寒さのレベルが違うので要注意。

２. 靴だけは絶対に雪山用をはいてくること。凍傷になります。

３. 冷え症、寒がり、体力に自信のない方、命の保障はありません。

４.ちなみに吹雪決行。

５.持参するもの、遺書。彼女の写真。

ROCKWELL'S

そこから頂上まで歩く。
リフトより上だから、スキーヤーなんか一人もいない。
雪男達のエリア。凍死の確率、４２％。
また、チラシをまいたら、平日で１泊２日のイベントなのに参加者**２８人。**
定員オーバーだよ。おまえら.....
「こいつら病んでるな。よくこんなツアーに来るな」
ちょっと誘うとワーッと来る。
自分達で企画しておきながら、参加者の人格を疑っていた。

「死んだらゴメンツアー人気があるな」なんて言いながら、夜中、お店を出発した。
朝早く菅平スキー場に着いた。
「雪合戦だあ、オラーッ」と、いきなり超ハイテンション。
チラシに、あれだけ書いておいたにも関わらず、２０人以上もいれば、バカがいるもんで、
「俺、長靴で来ちゃいました、気合っすよね！」
と言う奴がいる。
「こいつ、終わったあ、絶対に....」
長靴で雪山登ったら、１００％凍傷だろう。
グッバイ、大馬鹿者よ。
君の前途には、死、あるのみ。
サドンデス。
まあ、知ったこっちゃねぇ....と、リフトを乗り継いで、スター

ト地点に到着。
頂上なんかまったく見えないのに、この時点ですでに雪がかなり深い。しかも新雪。
気にしない、気にしない。
「よぉし、じゃあスタートします。とりあえず2列で」
俺達は重い荷物を持って、元気にスタートした。
とにかく、山岳部の友達のアドバイスを真に受けて、持ってきていたペットボトル30本が死ぬほど重かった。
「雪山っていうのは本当にのどが渇くものだし、余っても、手を暖めたりするのに使えるから、とにかく一人最低でもペットボトル一本分は持っていったほうがいいよ」
「そっかあ」と言ってバスに積んで30本。
ファンタとかコーラとか。
それでどうやって手を暖めるのかな？ と思いつつ。
とにかくなんかのどが渇くんだろう。
なんにも雪山のことなんか知らないから言われるとおりにしてた。
20分ぐらい登ったところで、そのペットボトルを10本づつ背負っていた、握力80キロ、超筋肉質のパワフルボーイズ2人が、2人同時にダウン。

バタッ。バタッ。

オイオイ、まだ20分だぜ......
「大丈夫か、おまえら」
「いやあ、マジつらいっすよ」

「スゲエ、つらいっすよ」

「がんばれよ、おめえら」とまた歩きはじめた。

だんだん曇ってきて、雪も深くなってくる。

雪山って、１回、足がズボッて雪にはまると、次の足もズボッてはまる。

で、そのはまっちゃった足を持ち上げて、もう１回ズボッてはまっちゃうと、もう何か動く気力が失せちゃう。

「ダメだ～」と倒れちゃう。

しばらくたって、ケツ持ちをつとめる弟のミノルが叫んだ。

「やべえ、あいつらまだ来てねぇぞー」

パワーボーイズを見ると、はるか後方。

「やべえ、あんなところで倒れてる！」

「おい、あんなとこで寝たら、あいつら死ぬぞ」

タッタッタッタッタッタっと下りてって、俺はその２人に問いかけ

た。

「大丈夫か？」

「ハアー」

「おまえ、寝たら死ぬぞ。おいおいおい」

「ハアー、徹夜だから」

「おいおい、そういう問題じゃねぇーだろ。おまえ、そんな重い物かついで、雪山で寝たら死ぬぞ」

しょうがねぇ！

そこから俺とミノルに荷物持ち交代。

「見せかけだけのパワーボーイズめ！荷物かしてみな！」

「だらしねぇ奴らだ。もうちょっと根性見せてみろよ。まぁ、俺が魂を見せてやっからよ！」

俺とミノルはパワーボーイズから大きなリュックを受け取った。

ズシッ。

うわぁ、めちゃめちゃ重え。

肩にメリメリとくいこむ。

まずい。俺のポテンシャルを超えてる……

俺は正直言って、２０分も持てるか不安だった。

「と、とりあえず、気合い入れていこうか….」

「う、うん。い、いそがなきゃね….」

重い…..

はい！はい！はい！はい！３！２！３！４！

はい！はい！はい！はい！…..

俺とミノルは超ブルーな気持ちをかき消すように、意味不明な号令を掛け合いながら先を急いだ。

１時間ほど過ぎ、雪山遭難ツアーも中盤。
荷物持っていない女の子や、体重の軽い女の子、装備をしっかりしてきている人、普段からスポーツをやっている人っていうのは、まだ元気がかろうじて残っていたが、雪山をナメてた準備不足な奴らが、そろって壊れ始めてきていた。
長靴野郎なんかは、
「靴の中に入れてたホッカイロが凍っちゃいました。超、足が痛いっすよ....もうダメです....」
「おめえがバカなんだよ、とりあえず登れよ」
とにかく登って登って登った。
バタッ。もうダメだ.....
あ〜、このまま眠りたい.....
「やべぇ！死んじゃう！歩かなきゃ！」
さっきのパワーボーイズ同様、俺とミノルもみんなから１０メートルほど後方で、雪山の甘い誘惑と闘い続けていた。

もう、限界が近い....そろそろ永眠しよう....
薄くなっていく意識で俺が見たもの......
それは、目の前にそびえ立つ**絶壁！雪の壁！**
もう、向こうが見えないくらいのすっごい雪の壁。

終わりだ....ジ、エンド.....

バタッ。高橋歩永眠。享年２１歳。

「クリフハンガー！」 と叫びながら、やけくそになって先頭を登っていた大輔が、後ろを振り返り、みんなに向かって大きな声で叫んだ。

「頂上だぁー！頂上ー！ヤッタぞー！みんな、その壁超えれば頂上だぞー！頑張れ！ラストー！」

ガバァッ！

「なんだと？」

俺はよみがえった。ミノルもよみがえった。

おおっー！

ウリャウリャウリャウリャーー！

はい！はい！はい！はい！４！６！４！９！

はい！はい！はい！はい！

俺とミノルはトランス。

クレイジー系のダッシュで頂上まで突っ走った。

みんなも、等身大の奇声を上げながら、何とか最終的にその絶壁を越え、頂上にたどり着いた。

俺とミノルは最後までペットボトルを背負い抜き、魂のガッツポーズ。

そして、**絶景。絶景。絶景。**

３６０度のウルトラ銀世界。

サァーっと筒状に降り注ぐ太陽の光線、眼下には白い雲、そう、

ＬＩＫＥ　Ａ　天国。

「超越……」

「今にも神様がおりてきそうだ」

「すごい…すごい….とにかく、すごい…….」

俺達は、天国に包まれながら、あったかーいコーヒーを飲んだ。

しあわせ…..

死んでもいい…..

フッと横を見ると、いきなり長靴野郎がコーヒーを暖めていた

ガスバーナーで足を焼いてる。

えっ？

「おめえ、熱くねえのか？」

「全然熱くないっすよ、感覚ないんすよ」

「こいつ、やべえんじゃねえの」

ガスバーナーの炎を１センチぐらいの距離であびても平気な人間を初めて見た。

「いやあ、足がマジで痛いっすよ」

そんなバカ者は放っておいて、みんな雪山を下り始めた。

トコトコトコってイイ調子で降りていると、突然のすごい吹雪。

もう１メートル先も見えない。

これヤバイんじゃねえのかマジで。シャレになんねえぞ。
とりあえず方向もわかんないし、まあ下に向かってひたすら降りるしかない。
「寒い。私、もう歩けない」とか言う女の子も出てきて、もうイベントというノリじゃなくなってきてる。
みんな無言で、ずっとトコトコトコトコおりてたら、遠くにスタート地点だったリフトが見えてきた。
「危ねえ、助かったあ」
バーッとみんな超ダッシュして、そのリフトまで行った。
みんなテンション高いから、下りのリフトに乗るとかっていう発想がなくて、そのままゲレンデをズボッズボッズボッズボッと、かけ降りてる。一応、菅平のゲレンデだから、
「ゲレンデ内を歩かないでください」って場内放送が入った。
そんなもの俺達は超シカト。
「カンケーねえっ。死の淵から生き延びてきた俺達に、話しかけるんじゃねぇ！」
リフトの柱の下をズボッズボッズボッズボッて堂々と降りていって、なんとかリフト下に到着。
旅館について、小さな風呂に入り、スーパー高いテンションで打ち上げになだれ込んだ。

危険な打ち上げがスタート。
「おめえな、人間はなあ、精神なんだよ。魂がすべてなんだよ」
「おまえら、パワーだけじゃ世の中渡っていけねぇーんだぞ！」

「すいませんっ。おれたちは悔しいっす」
「20分くらいで、倒れるなんて.....スイマセン!」
俺とミノルはパワフルボーイズ2人に熱い説教をたれてる。
幕張アパートクーラー室外機放り投げ事件の犯人チェリーは、ここでも大暴れ。
全員の酒を奪いまくって片っ端から飲んだ挙句、酔っ払ってトイレの中をションベンしながら**フルチン**で歩いてる。
水道を見れば、イシドって奴が
アロンアルファを歯につけてる。
「おい、何やってるの?」
「いやあ、歯が取れちゃったから、一応、接着しとこうと思って」
「...........」
もう**地獄絵巻状態。**
「てめえ、彼女とイチャついてんじゃねぇ!ミノル、俺の話を聞け!」と、いきなり酒豪セイジがミノルの彼女をポーンと投げ飛ばしたり。
もう収拾がつかない。
結局、真冬なのに、みんなその場で倒れるようにザコ寝。
浴衣一枚で何にもかけないで寝てる。
朝、起きたら、
二日酔いのバカ20名。
高熱を出してボロボロ7名。
両方3名。

頭痛え....
死んだらゴメン！雪山遭難ツアーは、大きな充実感とさまざまな後悔と共に終わりをつげた。

この後、俺達は、この死んだらゴメン！シリーズに集まってきた奴らを中心に、**「HEAVEN」**というサークルを創り、ジャンルを問わず、大小さまざまなイベントを企画していった。
５００円のプレゼントを５００個集め、それをかついで養護施設や障害者施設をまわり、踊り、舞い、歌いながら、子供達にプレゼントを配りまくった**「５００人のサンタクロース」。**
「金がなければ体で払え！」と肉体で貢献しようとした
阪神大震災のボランティア。
レインボーブリッジでのロマンチックでファンタスティックな
クルーザーパーティー。
男十数人で熱く語った**「人間はどう生きるべきか」大激論会**
などなど。
もう大学のことなんてすっかり忘れて、大好きなロックウェルズとメチャ楽しいHEAVENに燃えるHAPPY DAYSを過ごしていた。
仲間が増え、自分の世界が広がっていくのが実感できた。

BABY!すべては順調だ！

JUMP!
～HEAVEN'S DOORをこじ開けろ！～

雨ニモマケズ　風ニモマケズ
ダイヤモンドの丘を目指して

常識《オリ》の中から飛び出して　ひとりぼっちでも
ハックルベリーの好奇心で　自分勝手に扉を開いて

ＪＵＭＰ！ＪＵＭＰ！ＪＵＭＰ！
ＪＵＭＰ！ＪＵＭＰ！ＪＵＭＰ！
ＪＵＭＰ！　いつでも ビビらず　ＪＵＭＰ！

親ニモマケズ　過去ニモマケズ
いらぬプライド　ゴミ箱にダンクシュート!

常識《ガードレール》を飛び超えて　強くはばたくぜ
クランベリーの甘い夜明けに　自分勝手に未来を信じて

ＪＵＭＰ！ＪＵＭＰ！ＪＵＭＰ！
ＪＵＭＰ！ＪＵＭＰ！ＪＵＭＰ！
ＪＵＭＰ！　いつでも　ビビらず　ＪＵＭＰ！

ＪＵＭＰ！ＪＵＭＰ！ＪＵＭＰ！
ＪＵＭＰ！ＪＵＭＰ！ＪＵＭＰ！
ＪＵＭＰ！ＪＵＭＰ！ＪＵＭＰ！
ＪＵＭＰ！ＪＵＭＰ！ＪＵＭＰ！

第6の冒険　ALL IS ONE

イルカだ！サイババだ！自分への旅に出かけよう！

俺達のロックウェルズが1歳の誕生日を迎えた頃。
俺は弟のミノルの影響で、イルカの不思議な力に
興味を持ち始めていた。
そんなところから、このSTORYは始まっていく。

GRAND BLUE

イルカと泳ぐと、幸せな気持ちになるのはなぜなんだろう？

「俺は2年以内にイルカになる！」と宣言するほど、弟のミノルはイルカにはまっていた。なぜ2年なのかはわからなかったが、それほど好きらしい。
なりたいものが「世界一のアメリカンフットボール選手」⇒「イルカ」と変化する奴は珍しいが、俺も知らぬまにミノルのイルカ光線に、心を誘われ始めていた。

薦められるままに『フリーウイリー』や『グランブルー』のビデオを見て、ジャック・マイヨール著の、**『イルカと、海へ還る日』**を読み、ミノルの神秘的な体験談を直接聞いてしまっては、もう我慢できない。

俺もイルカと泳いでみてぇー。

そう思った俺は、強引に店を休み、さっそく次の日曜日、サークル「ＨＥＡＶＥＮ」の仲間数名と一緒にイルカの待つ伊豆半島の海へと乗り込んだ。
イルカを生で見るのは初めてだった俺は、はやる気持ちを押さえながら、受付でレンタルしたウェットスーツに着替え、シュノーケルと水中メガネをつけ、足ヒレを履いて、砂浜へ出た。
水中メガネのゴムで髪の毛が皿状にハネあがっちゃって、まるで河童のようになっていることなど気にもせず、俺は急いで準備体操を終えた。
そして、待つこと１５分。
やっとインストラクターの説明が始まった。
「はい、それでは、泳ぎ方を説明します。まず、両手を腰の後ろで組み、バタ足ではなく、両手を同時にキックするようにして泳いでください。そうすると、イルカの様に泳げるので、イルカ達も安心します。それと、イルカに触ったりしないよーに。上に乗るなんてもってのほかです。それでは、始めましょう」

元気良く水に入り、言われるがままにドルフィンスウィムにトライしてみるものの、ケツばっかり**ぷりぷり**上下するだけで、なかなかうまくいかない。

どう見ても、イルカと言うよりは**エッチ系の動き**にしかみえない。

まじかよ。ずいぶん難しいな。これじゃ、イルカと友達どこじゃねぇ。その前に**ドザエモン**になっちまうよ....

そんな調子で、水中で四苦八苦している俺の耳に、突然、イルカの鳴き声が聞こえてきた。

キュ ――ン、キュ ――ン、キュ―― ンって。

「聞こえてきた」というよりは、その音に身体全体を包まれていくような感じだった。

俺は力を抜き、目を閉じてその音に意識を集中し、水に身体を任せてみた。

キュ ――――ン
キュ ――――ン
キュ ――――ン......

何か、薄くて柔らかいものに、

ふわぁーーっと優しく包み込まれているような感覚......

超快感.....
なんなんだ、この不思議な感じは？
すごい。満たされていく.......
数十秒のあいだ、俺は今までに感じたことのないリラックス感を味わった。
前方に気配を感じてフッと目を開けると、左斜め前の方向からグレーの大きな物体が近づいてくるのが見えた。
やつだ！イルカだ！
オァーーでかい！
実際３メートルくらいあるのだから無理もない。
俺は本気でビビった。
イルカは俺の目の前を横切り、右のほっぺの横で一瞬スピードをゆるめ、チラっと俺の方を見つめると、後方へ消えていった。

ドキドキしていた。

中学生の頃、大好きな女の子と廊下ですれ違いざまに、チラッと見つめあったときの、アノ感覚。嬉しいやら、照れくさいやらわからずに、ただただドキドキしていた。
しばらくすると、あのエッチな泳ぎ方にも慣れ、俺は少しづつイルカ達とジャレあえるようになってきた。
不思議なことに、イルカには、俺が次に何をしようとしているのかが、わかるみたいだった。
俺が次にやろうとしていることを、先にやってしまおうとするんだ。

「おまえの気持ちはお見通しだぜ」っていわんばかり。
例えば、俺が「下に潜ろう」と思った瞬間に下へ、「水面に出よう」と思うと水面へ、俺が動き始めるよりも前にサッと動いていく。
まるで、次にどんな球を投げるか、完全に読まれているピッチャーのような気持ちだった。
オイオイ……偶然だろ？
そう思いたかったが、俺が「クルっと前にデングリ返しをしよう」と思った途端、マジでイルカが前にスピンしたのを見て、俺は本気でオドロいた。
ウッソーだろ……
背筋がゾクゾクした。
その後も、「ちょっと疲れたな」と思うと、遊んでいたイルカがサァーッといなくなったり、「もっとゆっくり泳いでくれー」と思うと、本当にスピードを緩めたりと、数えきれないほど**「俺の心の声」**に対してのリアクションがあった。
最初は信じなかった俺だけど、だんだん、こりゃ、本物だぁ……なんて、あまりの不思議さに感動すら覚えた。

イルカと一緒に泳ぐと幸せな気持ちになるのは
なぜなんだろう……

ホントにイルカって不思議だよな……

THE-BOZU

つるつるマルコメくんとララララむじんくん

あの日以来、俺はイルカに超ハマった。
イルカ関係の本を読みまくった。
それがきっかけで精神世界やニューエイジって言われるような世界にも興味を持ちはじめた。
ヒッピーのバイブルだった、リチャード・バックの
『かもめのジョナサン』を筆頭に、『バシャール』『聖なる予言』『ミュータントメッセージ』『アルケミスト』『イルカと話す日』なんていう本を読んでは、成功哲学⇒人間の潜在能力⇒心理学という経由で俺より一足早く精神世界にハマっていたけんたと一緒に、ああだこうだと「不思議な世界」について語っていた。
そんなときに、けんたがサイババにハマった。
青山圭秀の**『理性のゆらぎ』**という本を読んで、それから三部作、『アガスティアの葉』『真実のサイババ』を続けて一気に読破していた。
サイババっていうのはインドの聖者で、**神様のような不思議な能力を持っている**と言われてる人だ。

テレビで見たときのイメージで、最初は、サイババってちょっと宗教っぽくて嫌だなぁ.....と思っていた俺だけど、けんたのスピリチュアルガイド的なセンスを信じていたので、「じゃあ、俺も一回読んでみるよ」という話になって、『真実のサイババ』を読んだ途端、ずっぽりハマった。
あっという間に俺もサイババ3部作を読み終えた。
すげぇー、サイババ.....かっこいいじゃん.....
でも、手から指輪が出るとか、手から灰がワーッと出るとか、触っただけで病気が治るとか、そういうことに関しては、まあ本当だったらすごいけど、どうかなあと思ってた。
「あれは本当だ」
「うそだ」
「本当だ」
「うそだ」なんて、けんたと話してたけど、
「何かこんなとこで話しててもらちがあかないよねえ」という結論になった。

「じゃあ、見に行くしかねえべえ」

「えっ、マジでいく？ でもインド行くと、人生観変わるっていうしねえ」
「じゃあ一発、インド行って悟っちゃいますか！」
「いいねぇー！」とまたまた**超インスピで決定。**
セイジと大輔に話したら、「サイババはどっちでもいいけど、インド行きたい」ということでオッケー。
でも、その頃の俺たちの月給はまだ6万円。

「ターボ返済だぁー！」とか言いながら、どんなに売上が上がっても、残った利益は全て借金の返済に当てたから、旅行の金なんてまったくない。
「アコムですか、ラララむじんくんですか」と、俺とけんたがアコムにまず行った。
目的ローンというコースでお金を２０万借りて、大輔とセイジはアコムの審査さえ通らなくて仕方なく親に借りて、とりあえずみんな金はそろった。
みんなで飲んでるときに、大輔がまた調子にのって、
「インドなんだから、アユムさぁ、**つるっぱげ**にしていけば。坊さん風に」と俺に振ってきた。
そのころ、俺は相変わらずの茶髪で、店に入ってるときでさえ、たまにグラサンをかけてるような、かっこつけ不良スタンスだった。
「ああ、それおもしれえなあ。何かすげえすっきりしそうだなあ」なんて、その気もなくふざけていると、
「どうせそんなこと言ってホントはやんないでしょう。アユム君、口ばっかりだから」と常連のお客さんに言われた。
ムカッ！
「じゃあ、やっちゃうよ、俺。
よし、わかった、まじでやる」と宣言。
やべえ、言っちゃった.....
「まじ？まじでやんの？」と大輔。
「やっぱ、やめよう」って俺。

「あ、出たあ。うそつき！」と常連。
「わかったよ！やりゃーいいんだろ、やりゃー！」
もうこれは、やるしかねえ。

男に二言なし。

結局、出発の前日までぎりぎりねばって、「行くしかねえ！」と、テンション上げてやけくそになって床屋に行った。
「あのお、あなたが出来る
一番短い坊主にしてください」って言ったら、
床屋の兄ちゃんが危ない笑いを浮かべて、
「いいんですか？」
俺もしょうがないから
「はーい」となげやりな返事をして、観念した。
兄ちゃんは遊びながら、ジョリジョリジョリジョリって、右側のもみあげから消去していって、まず片モヒカン。
それから左側もジューッ、ジューッ、ジューッと、少しずつ切っていって、ちょきちょきちょきちょきと残り毛でさんざん楽しんだ挙句、完璧につるっぱげにされた。
鏡には、みじめなマルコメ君。
とても、バーテンダーには見えない。
あ〜あ、ダサい……
心も頭も財布も寒く、床屋を出た俺はハゲ対策用にGパン屋さんのお客さんからもらっておいたバンダナをして、ロックウェルズに向かった。
トコトコトコトコと階段上がって、ガチャッていつもの扉をあけたら、３人が手ぐすねひいて待っていた。
「アユムー！登場！」
「まさかあ。マジでやったの？」
「やってきましたよ」
「見して、見して！」
「わかったよ.....さぁーご開帳」
と、やけくそでパーッとバンダナをとった。
一瞬、時間が止まった。
１秒後.......
「わぁーー！」
「はっはっはっはっは！」
「超バカ。サイコー！」
３人とも涙流して大爆笑。
おまえら、笑いすぎ.....

ツルツルー、もう本当、１ミクロンも毛がないって感じで、**つるつるつるつるつる、超青々クン。**

その日は、噂を聞きつけたお客さんがすげえ来て、

「アユム、**はげにしたんだって。**見して」

「ジャーン」

もうおまえら何回脱がすんだ、バンダナ.....

合計２０回以上のご開帳。

「これでインド行きの準備はバッチリだ」

「なんのこっちゃ」なんて言いながら、俺達は出発を待った。

GO!GO!INDIA!

「性」なる俺達の「聖」なる旅

前の晩、８日間の短い別れを惜しむ彼女のサヤカと、

ロマンチックでファンタスティックな夜

を過ごした俺は、眠い目をこすりながら、大きなボストンバックを抱えて、５分遅れで待ち合わせ場所であるＪＲ千葉駅の改札に到着した。

「けんた..どうしたの....」

サイババガイドのけんたは見慣れないサングラスをかけて、ひとり、気合い入り過ぎ。

俺と同じく眠そうな顔をしている大輔とセイジに、

「超ねみぃーよな」と同意を求めると、最近、ロックウェルズで大流行の**オカマ会話**がスタート。

「だって、まだ8：３０よ」と大輔。

「だって、わたくしたち、水商売よ」とセイジ。

「そうよねぇ〜、仕事がらねぇ〜、朝は辛いのよ〜」と大輔。

「昨日ねぇ〜、聞いてくれる〜？」とセイジ。

「なになに？**セイ子**（セイジ）どうしたの？」

「あのねぇ〜、昨日ねぇ〜、わたしったらカクテル創り間違え

ちゃってぇ〜、もう大変だったのぉ〜」
「いいのよ。気にしないで。それって、セイコが悪いんじゃないわ。**ダイ子**（大輔）だって、そんなのしょっちゅう！気にしない、気にしない！セイ子、ファイト！」
「んじゃ、行こうか…」オカマ会話を一瞬にして蹴散らすけんたのクールな号令で俺達は出発した。
ＪＲで成田空港に着いた俺達は、さっさと搭乗手続きを済ませ、空港内の喫茶店で朝の９：００からビールをひっかけていた。
「あ〜うめぇ。でもさぁ、インドってお酒飲めなそうじゃない？辛いよなぁー、８日間もだぜ。あ〜ブラック」
酒豪のセイジは相変わらず酒のことが非常に気になるらしく、どんなＴＶコマーシャルよりも旨そうにビールをゴクゴク飲みほしている。
ミュージシャン大輔は、インドを意識したのか、チーマーを意識したのかは不明だが、頭にバスタオルをまきつけ、相変わらず「ケン子（けんた）ったら、照れやさんなんだからっ、んもうっ」とか、独りでオカマ会話を続けている。
ハイネケンを２、３杯飲んでいい調子になった俺達は、免税店でたばこを買い、**下痢Ｐ対策**に売店でカロリーメイトをたらふく買い込んでから、飛行機に乗り込み、とうとうサイババの待つ魂の故郷インドへ向けて、日本を飛び立った。

サイババの住む村、南インドにあるプッタパルティーは、うんざりするほど遠かった。

１２時間ほどのフライトの後、ようやく経由地点であるボンベイに到着。整備不良のため４時間以上も空港で待たされた後、インドの国内便に３時間シャッフルされ、やっとバンガロール空港にたどり着いた。
そこからさらに、車で５時間ほど走ったところに、サイババの住む村プッタパルティーはあるらしい。

うぁ〜、暑ぅー。
バンガロール空港のビルを一歩出ると、もわぁ〜と広がる暑くて臭い空気。
さらに、排気ガス、排気ガス、排気ガス。
物売り、物売り、物売り。
クラクション、クラクション、クラクション。
物乞い、物乞い、物乞い。
特に、可愛い瞳で見つめてくる子供の物乞いはなかなか無視できない。
おまえも、大変だよなぁ。まだ小さいのに.....
なんて、数ルピーを渡して、俺達は逃げるようにタクシーに乗り込んだ。
タクシーはマフィアの使いそうな黒いビートルのすっごく怪しいやつ。
とにかく２台に分かれて、２人ずつで出発した。
３０分くらい走って、バンガロールの街を抜けると、景色が一変。

目の前にデカン高原の乾いた大地がドーーンと広がった。
白っぽい土ばっかり。
なにもなくて、とにかく広い。
道端には暇そうな牛がゴロゴロしていてり、半ズボンの少年が木の枝を振り回しながらヤギの散歩をしていたりする。
突然、マッタリ空間……
ほのぼの……
そんな穏やかな風景の中をガタガタいいながら走っていくと、ちょっとしたカフェみたいのがあって、そこで休憩。コーラを飲もうとしたら、もう汚くて、そのコーラのびんに口をつけられなくて、ストロー飲み。しかも、ほとんどホットコーク。
「すげえ、くそまじい」
「うぇ、げぼびあん」
「ゲーッ、ぼへみあん」 とか言いながら残してた。
モスキート君やハエ君もうじゃうじゃいた。
たばこを吸ってると、ライターとか
「ぎぶみーぎぶみーぎぶみーぎぶみー」
とせがまれて現地の人にとられちゃう。
もうさんざん。
早く着かねえかなあ。
後ろの方のタクシーに乗っていた俺とケンタは、うんざりしながら窓の外を見つめていた。
その時、さらなる悲劇!
バーン!グシャ!チリチリチリチリチリ…..

俺とけんたの乗ったタクシーのフロントガラスがいきなり割れた！
「まじかぁ！」顔の横にガッて手で十字を切って、バッてよけたんだけど、もうフロントガラスは銃弾を撃たれたみたいなクモの巣状態。
手にガラスの小さな破片がビシビシ当たった。
「ゲゲェー、何が起きたんだあ！」とタクシーを降りたら、前の車が飛ばした大きな石が当たったらしい。
「そういう問題なのか？」
「それぐらいでフロントガラスって割れるのか？」みたいな。
ゲリラの銃弾かも？と心配していたので、とりあえずホッとした。
とりあえずもう１台のタクシーに４人で乗って先を急いだ。
壊れたタクシーは全開オープンカーみたいになったまま帰って

いった。

インドってヤバ過ぎ……

その事故から数時間、やっと落ち着きを取り戻した頃。
砂漠のど真ん中に、突然、何かものすごい大きな発電所があらわれた。
「なんだあれ？」
「電線みたいなのがいっぱいあるな」
「すごいなあ、発電所だよ、あれ！」
「東京ドームぐらいあるんじゃねえかなあ。でっけぇー」
そして、すぐ右にはでっかーい病院。
ピンクと水色を基調にした**ド派手な建物。**
それがうわさに聞いていたサイババ病院だ。
「ハードロックカフェ」のオーナーが、サイババの生き方に共感して、大金を寄付してつくった病院らしい。
（六本木のハードロックカフェにはサイババの写真がデカデカと飾られているもんね）で、その病院は一流の施設と一流の医師をそろえているにも関わらず、治療費は無料。
ボランティアの手で事務的なことは運営されているという。
おれはハードロックカフェの思想である

「ALL IS ONE」

という言葉にすごい共感を持ってたから、「ああ、これがうわさの病院かぁ」と感激しまくり。
サイババの大学や高校、神殿や飛行場を通りすぎ、俺達は、最終的にアシュラムと呼ばれる**「サイババ版皇居」**みたいなところにたどりついた。
もう、既に夕方で、とにかく泊まるとこを確保しなきゃいけない。
俺達はタクシーを急いで降り、もう疲れきってたから、アシュラムの前のホテルに部屋とって、みんなで部屋に入って、「あー疲れたー」とかいってベッドでごろり。
部屋には何もなくて、
「これ便所か、穴あいてるだけやんけ！」
「狭いよ、４人じゃ」
「なんか、くせぇー」
みたいな部屋。
ベッドも全く弾まない、鉄板の上に寝てるみたい。
ジーザス……
まあ明日からのことがあるから、とりあえず俺達は買いだしに出かけた。
けんた先生いわく、サイババのアシュラムに入るためには、クルタって呼ばれる**白い上下の修道服**を着なくちゃいけない。
それにサンダルを履いていなきゃいけない。
あと、朝と夕方に行われるダルシャンっていうサイババ拝見タイムの時、サイババ待ちの対策として座布団がいるらしい。
俺達は、アシュラの周りにうじゃうじゃあるサイババショップで、

「あ、俺、これがいいなあ。あっ、やっぱ、あれがいいなあ」
「いや、だめだよ、それ女の人用。この白いのしかだめなんだよ」
とけんたに注意されながら、**3種の神器**を買い揃えた。
インドの子供がワーッと寄ってきて、「あっちがいいよ」「こっちがいいよ」「あっちがいいよ」「こっちがいいよ」といって、絡みついてくる。
きっと、俺達を連れていくとお金がもらえるんだ、お店の人から。
それでも何かすごいかわいい子供達だったから、一緒に遊んだりしていた。
いきなり、ひとりの子が、おれの坊主頭を見て、
「マルコメ」って言った。
えっ? ここはインド?
「何でおまえ知ってんだ、マルコメって」
と聞いても、日本語がわかる訳もなく、ただ「マルコメ、マルコメ」って笑いながら、少年は去っていった。
てめぇ、今度逢ったときはガキだからって、容赦しねぇぞ.....
買い出しを終えた頃には、さすがに時差ボケがすごくて、4人とも疲れがピークに達していた。
「もう、眠いよ」
「とりあえず、ホテル帰って寝るべ」
俺達は明日から始まるサイババとの愛の日々に思いをはせながら、固いベットで眠りに落ちた。

SAIBABA'S WORLD

世界中のあらゆる人種が入り乱れる異次元空間、サイババワールドへようこそ

ジリリリ…………
初めてのインドの朝は、とにかく早かった。
う〜ん、眠い。
ヤベェッ、起きなきゃ。
ねぼけまなこのまま、昨日買っておいたクルタという全身ホワイトの修道服に着替えた俺達は、アシュラムに入り、マンディールと呼ばれる神殿に向かった。
怪しい本屋さんで偶然ゲットした「聖地へ」という超マニアックなサイババ見学ガイドブックによると、サイババのアシュラムでの１日は、オムカーラムと呼ばれる神を目覚めさせる祈りの儀式から始まるらしい。
俺達は、せっかくだからと、フルコースで体験してみるために早起きをした。
「マジ、眠い。まだ真っ暗じゃん」
「それにしても、アシュラムの中ってスゴク神聖な雰囲気じゃない？」

「うん。でも結構人がいるよな、こんな時間から。みんな座ってるけど、瞑想してるのかなぁ。この雰囲気で瞑想したら、すぐ悟れちゃいそう」
「サイババの本にも書いてあったぜ。朝と夕方に瞑想するといいって」
「ふ〜ん。知らね」
オムカーラムの儀式が行われる神殿の入り口で、サンダルを脱ぎ、中に入っていくと、そこは大きな四角い洞穴のようだった。かなり暗くて、ろうそくの灯りだけがボーッとあたりを照らしている。
一番奥には祭壇があり、サイババと数々のインドの神々の絵が飾られていた。
そして、もう既に１００人くらいの人が地面に座り、始まるのを待っていた。
「まじかよ。すっごいじゃん。**ちょー神秘的。**
なんかゾクゾクしない？」
大輔が小声でいった。
「ホントすごいよ。これから何が始まるんだ？」
「とりあえず、俺達も座るべ」
ギィ――ガッタン.....
俺達が座ってから２、３秒して、入口の扉が閉められた。
オイオイ、閉じ込められちゃったぞ.......
大丈夫なのか、ほんとに.....
あまりの静けさとあまりの暗さに、正直言って少しビビっていた。

するとなんの予告もなく、

突然、大きな金属音が鳴り響いた。

チィ――――――ン

その途端、全ての人がいっせいに呪文を唱え始めたんだ！

ウォ――ン、ウォ――ン、ウォ――ン….

こもるような深い低音が、神殿中を包み込み、俺達は完全に言葉を失っていた。

洞穴でお坊さん１００人に囲まれて、いっせいに呪文をかけられているような状態。

なになに？　やべやべ。どうすりゃいいんだ？

やむをえず、俺達も呪文にチャレンジ！

「オ――ン、オ――ン….」と、聞こえるままにマネしていただけだが、５回、６回と繰り返し繰り返し唱えているうちに、不思議と妙に気持ちが落ち着いてきた。

周りの人を真似て目を閉じ、お腹から低い声を出し続けることで、身体の中がすっきりして、頭が冴えてくるような感覚があり、俺は不思議と**ナチュラルハイ**になっていた。

結局、１５分くらい呪文を唱え続けた俺達はすっきりした顔で神殿を出た。

さぁ、次はナガラサンキルタンだ。

これは、５０人くらいの人が列を作り、バジャンと呼ばれる神の賛歌を歌いながら、アシュラムの中を練り歩いて、人々に夜明けを告げるというもんだ。

先頭の2人のおじいちゃんコンビがシンバルのような楽器を打ち鳴らし、そのリズムにあわせてバジャンを歌う。
カラオケで鍛えている俺達は、
「歌なら得意分野だぜ！」とはりきっていたが、
バジャンの歌詞がわからず、またもや大きな声でまねっこするのが精一杯だった。
「ガネーシャシャンカラシャンカラガネシャー………」
薄暗い夜明けに、修道服を着て、神秘的なアシュラムの中を世界各国から集まった見ず知らずの人々と一緒に、バジャンを歌いながら歩いていると、何だかあまりの非日常さに自分が何者なのかさえわからなくなる。
「インドまで来て、朝の5時からなにやってんだ！？」
俺達は顔を見合わせて笑っていた。
アシュラムの中をぐるりと一周して、ナガラサンキルタンも終わった。
とうとう、待ちに待ったサイババとご対面の時間がやってきたのだ。
神殿の前の大広間で、朝と夕方の1日2回だけサイババの姿を直接見ることが出来る。
これがダルシャンと呼ばれる。
サイババをひと目見ようと世界各国から集まった５０００人ほどの人々が、大広間にきちんとならんで座り、彼はその間を歩き回りながら手紙を受け取ったり、物質化現象を起こしたりする。
そして、ときどき、数人を指名して、奥のインタビュールームと呼ばれる部屋に招き入れ、個人面談をしてくれるのだ。
ほとんどの人がそれを目当てにサイババのアシュラムへ来ていると思えるほど、**誰もが夢見る神との個人面談。**
俺達４人も、
「さすがにきっついかもな。５０００人のうち数人でしょ」
「いや、呼ばれるしかないっしょ！」
「波長次第、波長次第」
「じゃぁ、おまえ無理じゃん」
「WHAT？」
なんて言いながらも、少なからず期待していた。
１時間ほど、大広間の入口で並んだ後、セキュリティーチェックを受けて中に入り、昨日買った座布団に座って、サイババの登場を今か今かと待っていた。
「とうとう、サイババを見れるんだなぁ。ちょーわくわくするよ。なに、けんた緊張してんの？ 顔が青ざめてるよ。トイレ？」
「うるせぇーな。話しかけんなよ」
大輔がからかうが、サイババ命のけんたは、それどころではないらしい。
セイジはウサギの様なつぶらな瞳で、サイババの入ってくる入口を一心に見つめている。
と、その時、大広間じゅうに甘いインド音楽が響きわたり、奥の入口から、オレンジ色のワンピースみたいな服を着たアフロヘアーのサイババがゆっくりと歩いて来るのが見えた。
オッー！オッー！ざわざわざわざわざわざわ.....

５０００人の人々の視線が完全に釘付けだ。
サイババは人々から手紙を受け取り、時には話しかけながら、だんだんとこちらへ向かってきた。
やっぱり、すげぇーなー....
圧倒的な存在感。
やはり、今までの人生で出会った全ての人間の中で、オーラの強力さはナンバーワンだった。
俺は全身に鳥肌を立てながら、
無心になって**サイババっち**を見つめていた。
風みたいなのが、ピリピリピリッと頬に伝わってくるのを感じる。
サイババは、もうすぐ目の前まで来ていた。
おおっー。本物じゃん。
こっちを見てくれ〜、
インタビュールームに呼んでくれ〜。
そんな俺の願いもむなしく、もう目さえも合わない状態で、俺達の前をただ**トコトコトコトコ**と通りすぎていってしまった。
マジ！そりゃねぇぜ！
横浜スタジアムにおニャンコクラブのライブを見に行って、高井麻美子のポニーテールがチラっと見えただけだったときと同じショック。
俺達３人は**「あ〜あ、ばっくり」**とか言って残念がっていたんだけど、けんたは無口になって感動の余韻に浸ってた。

お昼になって、俺達はホテルで危険なインドランチを食べ、アシュラムの中を探検した。
朝は暗くてよくわからなかったが、アシュラムというところは、まるで **「暮らせるディズニーランド」** のようだった。
皇居並みに広い敷地内には、ピンクと水色を基調にしたカラフルな建物が立ち並び、サイババの他にもシヴァやガネーシャと呼ばれるインドの神様のキャラクターグッズが溢れている。
手作りパン屋（まずい）や食堂（超まずい）もあり、ジュース屋（うまい）やアイスクリーム屋（超うまい）もある。それだけでなく、生活用品なんかもいろいろ売っていて、訪問客用の宿舎や公園もある。鳥や小動物もたくさんいる。
すぐ近くには瞑想の丘という、**夕焼けが降ってくるような丘**があって、そこに座って考えごとをしたりとか、昼寝したり、ほとんど楽園。風もサイコーに気持ちいい。
俺達は夕方のダルシャンで再び**サイババにシカト**された後、すぐさまホテルに戻り、アシュラムの中の１泊約８０円で泊まれる格安の宿舎に移るため、荷物をまとめてホテルをチェックアウトした。
猿岩石風のルックスをしたコウジ君という日本人青年の助けによって、やっと確保できたアシュラム内の宿舎の部屋は、まさに **「ただの石の箱」** って感じだった。

ひでぇ....。まぁしかたないか、1泊80円だもんなぁ....

電球が1つと、蛇口が1つ。

トイレ用の穴が一つ。以上。

「シンプルすぎ....だね」

「寝袋持ってきてよかった....」

「きっつー。なにこれ？ 部屋なの？」

「黙れ、貧乏人ども！わがまま言うな！」と大輔がシャウト。

「おまえだろ、貧乏人は....」

「ばか！」

まぁ、そんなこんなでアシュラム内での生活が始まった。

「アシュラム内での生活」とは、禁酒、禁煙、禁女を意味する。

アシュラムの中で暮らすからには、酒もタバコも女の人と話すことすらも禁じられている。いわば、修業の身になるわけだ。

「やべぇ、たばこ吸いたくねえ？」

「俺も限界」ってなったときは、なぜかいつもセイジと2人でトコトコとアシュラムから出て、
門の外で**スパー、スパー、スパー**って吸ってた。
「隠れて吸うとうめぇな」
「ホント、ホント」
まさに中学生が修学旅行で隠れて吸ってる系。

宿舎の隣の部屋には5、6人の日本人がいたので、夜に遊びに行ってみた。
「なんでインドにいらしてるんですか？ やっぱサイババですか？」って軽いノリで聞いたら、
「僕は、自分の人生を探しに....」
「日本はもう終わりだから......」みたいな感じのリアクション。
アチャーッ。

けんたも足元に及ばないほど、かなり**サイババフェチな人ばっかり**で、サイババのインタビュールームに呼ばれるためにミーティングをしてる。
そのミーティングの話を聞いてると、
「ババ様に僕たちの思いを伝えるために、皆さんで気持ちを１つにして、明日はぜひ・・・」
これはやばい、これは撤退しないとやばい、と俺達は自分の部屋に戻ってさっさと寝た。

２日目の朝は、そんなに早起きしないで、朝のダルシャンに並んだけど、相変わらずサイババは俺達なんて眼中にない系。
「まじかよ」とランチを食べて昼寝してた。
お腹はインド国内便の機内食の段階から、
ピーピーピーピーって、ずっと壊れっぱなし。
「ああ、腹痛い」
だから、**トイレを中心に行動する。**
トイレの場所がすべて。
トイレがどこにあるかってことを常に把握して、そこからあんまり遠距離には行きたくなかった。

その日の夕方、４度目のダルシャンでも、サイババへのラブコールは届かず。
でも、ダルシャンの後に、とっても気持ちのいいことがあった。
バジャンをみんなで歌うという集まり。

世界中から集まってきてる人たちが５００人ぐらいで一つの輪になって、１つの歌を打楽器のリズムに乗って一緒に歌う。
で、まあ俺達も暇だったし、みんなで歌って結構楽しそうだったから、「うん、参加してみるべえ」と、一緒にワーとかって歌ってた。
３回、４回とリフレインするうちに、だんだんフレーズを覚えてくる。何語かさえもわからなかったけど、似たような音を出せるようになってくる。
みんなと一緒に歌ってるうちに、何かすごくいい気分になってきた。
インド人ばっかりっていうこともなく、
本当に**人種の博物館。**
アフリカ系の黒人から、フランス系とかイタリア系のすまし顔の人がいたり、ウルグアイ人だとか、あと東南アジア系の人もいるし、もちろんインド人もいるしって感じで、パッと見たら全世界みたいな雰囲気で、みんなが何回も繰り返して歌いながら、波長をだんだん合わせていく。
だからいい音になるんだ.....たまらないほどに。
最初、自分が輪に入ったばっかりのときは、適当に声を出してるだけなんだけど、だんだん１つの音に感じてくる。
「ああ、人間の声が一番きれいな楽器なんだ」ってセイジがガラにもなく言ってたくらい、何か深みのあるきれいな音が出て、それがすごく心地よくて、一体感みたいなものがすっごく感じられた。

みんな言葉が違うのに、不思議だなあ.......
歌い終わった後も、「すげえ！サイコー！」とか言って、テンション高かった。
それでたばこ吸ったりしながら、その日はまた、あの「ババ様に、祈りを....」という危険なミーティングを避けて、そそくさと寝た。

BEAUTIFUL SMILE

俺達はインドでも問題児なのか？それとも悟りが近いのか？神様からのご指名だ！個人面談だ！

そして、ついに３日目。
サイババと直接会える最後の日だった。
昼には、アシュラムを出発しなくちゃいけない。
３日目の朝、満を持してラストのダルシャンに向かった。

サイババ氏がいつものようにファーというインド音楽とともにあらわれた。
いろいろな人から手紙を受け取ったり、足に触わられたりしながら、俺達の近くまで来たサイババは、**スッスッスッスッスッ**てすり足みたいに寄って来て、いきなりパッとこっちを向いた。
俺、ピーンって目が合った。
おお、初めて目が合った、**すげえ。**
俺は**ナイススマイル**を返した。
そしたら、サイババがいきなりカクッと、ちょっと首を右側に傾けて、

「ジャパン？」と聞いてきた。高い澄んだ声で。

ドキッ。

一瞬動揺して、

「イ、イ、イエス」

そしたらサイババが、俺と大輔の方を見て、**招き猫ポーズ**で、「カミン」って言ったんだ。

えっー？

一瞬、「カミン」っていう言葉の意味が理解出来なくて、「頑張れよ」みたいな意味かと思った。

すると、目で合図をされた、「来い」って。

えっ、おれ？まさか？と思ったら、後ろの人たちが「立て立て、おまえたちは呼ばれたんだよ」と背中を押してくれる。

ほんで「きたあ！」と言って立ち上がった。大輔やセイジやけ

んたもワーっと立った。

もう、**超英雄。**

スッと立ち上がると、座ってる５０００人から大注目。

でも、どこを歩いていいかもわかんない。

サイババが歩いてきたところを横断したらやばいんじゃないか？

サイババの後ろについていけばいいのかな？

「やべえ、どこ行ったらいいんだ？」

「わかんねぇ」

「どうする、どうする」

もじもじしていたら、インタビュールームのドアマンが、手で「こっちへ来なさい」という合図をした。

「俺達みたいなバカですいませんねぇ～」系で、「ハハハハ、どうも」と、頭をポリポリかきながら俺達はインタビュールームへトコトコ歩いていった。

もう「きたあ！」とか言える次元じゃなくて、まじ緊張って感じだった。

「うわあ」と「やった」ぐらいしか言えなくて、

「うわあ、やった」「うわあ、やった」のオンパレード。

大輔やセイジを見ると、感動で言葉を失ってプルプルしてる。

けんたなんて、もういっちゃってて、斜め上の空気を見つめてる状態。

「これからすごいことが始まる」っていう期待感に満ちあふれていた。
サイババがまずインタビュールームの中へ入っていった。
それまで俺達はそのドアの横で座って待っていた。
サイババが目の前を通りすぎて、部屋に入っていくとき、俺は思わず頭下げてお辞儀。
やばい、病んでる……
本当だったら、親指ぐらいは上げてやんなくちゃいけないとこだったんだけど、正直いって、その時は信者状態。
「うわあ、うれしいなあ。サイババに逢えて」みたいな感じ。
ドアマンに「入りなさい」と言われてトコトコトコトコトコと、サイババの待っている部屋に入っていった。
サイババがドーンと背もたれがある豪華な椅子に座ってて、フカフカの赤っぽいじゅうたんが敷いてある１２畳ぐらいの広さの部屋。清潔感溢れるスペース。
サイババが座っている椅子の周りに、俺達日本人とウルグアイ人と、あと体が不自由そうな感じのインド人のおばさんが２人。
あと、インド人の学生が１人。
後、アメリカ人っぽい兄ちゃんが１人。
全部で１０人ぐらい呼ばれてた。
サイババはおばさんにジョークを飛ばしたりしてた。
おーサイババだあ….すげえ…リアル……
その頃から、俺の中ではちょっと余裕があるテンションになってきて、**「本物かどうか確かめちゃうぞ」**

みたいな、ノリノリないつもの俺が戻ってきていた。
よーし、よかった、冷静になってきたと思って、きょろきょろきょろきょろしていた。

端っこに座っている人から少しづつ、会話していって、とうとう俺達の番になった。
まず、セイジが「アーユースチューデント？」って聞かれた。
「夜ふかしばっかりして、勉強してないな」
「はい。すいません」
ケンタも似たようなことを言われた。
おおっー！すげぇー！
けんたとセイジの奴、いきなりサイババに怒られてるよ……
でも、**結構サイババも普通の奴だなあ、**
そんなこと言っちゃって…..
すると、「おまえたちはスモールショップをやってるだろう」っていうようなことを英語で言われた。
えっ？えっー？なんでわかるの？
すげえ……
そのスモールショップっていう言葉の響きがすごい耳に残った。
大輔と「うわあ」と顔を見合わせた。
さすが神様、やっぱり半端じゃねえ…..

そして、他の人達といくつか会話した後、サイババは手のひらを上にして、俺達の目の前に右手を差し出した。
さぁ！とうとう、噂の物質化現象が見れるんだ！
始まるぞ.....さぁーて、ホントかウソか、しっかり見とかなきゃ.....
俺は身を乗り出して、細い目をパッチリと見開いた。
サイババは、まず、手のひらを下に向け、5本の指をパラパラと動かし、何もないことを俺達に確認した。
ジ――――――――――ッ。
オッケーオッケー。確かに何もないっすよ.....
そして、手のひらを上に戻し、もう一度何もないことを確認した後、サイババは手のひらを軽く握った。
うぉー超緊張。
どきどきどきどきどき.......
俺はさらに身を乗り出した。
数秒の間を置き、運命の手のひらがパっと開かれた。

ド―――ン！
おおおっ――！
えっ？えっ――？

そんなのあり？！

そこには、金の指輪が光っていた。
指輪が現われる瞬間、サイババの手のひらの上の空間が、一瞬ぼやけて、蜃気楼の様なものが見えた。
「..........」言葉が出ない。
オイオイ、すごいぞ....これは.....
インチキなんてまったくやりようがない状態で、空中から指輪が取り出された。
俺は１メートルもない距離で、目を皿のようにして、
じっ ――――――― くり見ていたんだから.....
すげぇ.....こりゃ、間違いなく現実だ.....

そして、サイババは高く澄んだ声で、静かに語り始めた。

「私自身を信じたり、敬ったり、高く見たりしてはいけない。奇跡に目を奪われてはいけない。私は人間の可能性、人間というものが持っている可能性を示すために、あえて奇蹟を起こしているのだ。あなた達は心の中に大きな大きな可能性とパワーを持っている。ただ、それに気づいていないだけだ。もっともっと、自分の可能性を信じて頑張りなさい」

彼の言葉は英語だったので、俺のつたないヒアリング力では、わからない部分もあったし、サイババの本に書いてあったから、そういうふうに聞こえたのかもしれないが、俺にはそう伝わってきた。
でかい人だなあ……かっこいい……
俺は素直に感動した。
しゃべり終わった後、サイババがニコッと笑ったんだけど、その笑顔がかなり素敵なんだ。
見てるだけで、何だか俺まで嬉しくなっちゃうような
ＢＥＡＵＴＩＦＵＬ　ＳＭＩＬＥだ。

GOD & BEER

俺達はサイババも好きだけど、ビールも好きだ。
だから、今日は飲みに行こうぜ！

インタビュールームを出ていく俺達全員に向かって、

「もう１度、あなた達を
インタビュールームに呼びましょう」

とサイババは言った。
その言葉が、俺達を悩ませた。
このダルシャンの後に、俺達はアシュラムを離れ、バンガロールで遊ぶ予定になっていたからだ。
夕方のダルシャンまでは、待てない.....
タクシーも手配してあった。
俺、大輔、セイジは、「もう充分満足」という感じだったが、けんたはやっぱり残念そうだった。
「どうしよう。アシュラムに残っていれば、もう一度呼んでもらえるんだぜ」

「でも、いつ呼ばれるかわかんないんだぜ。もう一度呼ぶって言っただけで、すぐ呼ぶとは言ってないし…」
「あきらめようぜ、スパッと」
「別にいいじゃん。**サイババと話したから偉くなるわけでもねえしよ**」
「う～ん」
「インドを楽しむべ！ビール飲めるとこ探すべ！」
「う～ん、そうだな。わかったよ、タクシーもわざわざ5時間もかけて来てもらってるしね….」
「じゃあ行こう行こう」

ビール！

ビール！

ビール！

ビール！

ビール！

ビール！

ビール！

「いいねえ、いいねえ」

俺達はサイババグッズを山盛り買って、サイババの村を出発した。
今度はフロントガラスも割れることなく、スムーズにたどり着いたバンガロールの街で、さっさとホテルに荷物を預けた俺達は、なんとか飲み屋を発見し、飲み狂った。
あれだけ暑くて、乾ききった空気の中で、ずっと飲めなかったビール。しかも、一升ビンみたいな超大ビンが１本、１００円以下。
もう、飲むしかない！
今飲まないで、いつ飲むんだ！

「超、うめぇ！」

「感激！さいこー！」
「あっ、これうめえ。エクスキューズミー！これ５本！」
ガンガン飲んで超酔っぱらって、仮眠。起きて、また夜中にハジケ飲み。

さんざん飲んで、「ああ、楽しかったねえ」と飛行機に乗って、また爆眠。

そして、日本にやっとこさ帰ってきた。
帰りは本当に気持ち悪いぐらいノートラブルで、
全部**ピタピタピタピターッとうまくいった。**
千葉駅をおりて、やっぱり日本はきれいだ、清潔だっていうのに改めてすごいびっくりした。
腹は相変わらず痛かった.....

帰ってきてからいろんな人とサイババについて話したが、俺はいつも同じことを言ってた。
サイババが神様だろうが、人間だろうが、トリックだろうが、本当だろうが、宗教だろうがそうでなかろうが、そんなことはどうだっていいじゃん。
実際にサイババが存在することで、多くの貧乏な子供達が学校に行けるようになって、多くの病人が病院で治療を受けることが出来るようになって、観光客が使うお金で暮らしていける人が増えて、しかも多くの人がハッピーになってるんだから。それだけで十分かっこいいし、すごいじゃん。
ほとんどの政治家より、ほとんどの社長より、ほとんどの組長より、よっぽどすごいと思うぜ、俺は....

「おまえはまだ自分の可能性に気づいてない」

そのメッセージを思い出すたび、俺は熱い気持ちになっていた。
そうだ。俺は店を1件出したぐらいでいい気になってる場合じゃねぇ。
こんな年齢で満足しててどうするんだ？
もっともっと、カッコいい男になってやるぜ！

サイババには、負けねぇぜ！

第7の冒険 KNOCK'IN ON HEAVEN'S DOOR

会社を創ろう！自伝を出そう！

インドから帰ってきてすぐ、留年の決まった俺は
大学を中退した。
ロックウェルズの2号店をオープンさせ、
会社にする計画が固まってきていたからだ。

ADVENTURE COMPANY

俺達は会社を創った。
とうとう俺も社長になっちまった。

「とうとう、俺達のロックウェルズが2店になるんだな」
「何か、変な気分だな」
インドから帰ってきてすぐ、**ロックウェルズの2号店が横浜にオープンすることになった。**
2号店といっても、儲かったお金で出すわけじゃない。
1号店の借金は返し終わっていたが、まだ2号店が出せるほどお金はない。
では、どうしたかって？
弟のミノル、その友達のチェリー、ヨコ、イシド、タキ、そして俺の幼なじみのマツオカ。全員で6人。平均年齢20歳以下。
その6人が、「あいつらに出来てオレタチに出来ないわけがねぇ！」と、俺達が昔やったような死ぬ気のお金集めをやってロックウェルズの2号店をオープンしたんだ。
俺達4人もインドから帰ってきて、いろいろオープンするのを手伝った。
とうとう俺達4人と新しい6人でロックウェルズ軍団が10人になった。

なんだか仲間も増えてきたし、俺はビッグな将来を夢見るためにも、会社にしないかと提案した。
「まあやっぱ、今後、店をバンバン増やしていくためには、銀行も使わなきゃいけないし、会社にしといた方がいいんじゃねえの」
「親も安心するしなぁ」
「保険とかも入れるし」
「ちょっくら、会社にするべえか」
「オッケー。会社にしよう！」と決定。
「会社の名前は何にしようか？」
「どうしよかなあ」
「まず名前が決まんねえとなぁ」
すぐに候補にあがったのは魂系の言葉『ルーツ』『ソウル』『スピリッツ』の3つ。
「なんか、いやだなあ」
「イマイチ、ピンとこねぇー」って、みんなの意見がなかなか一致しない。
そのころ超ハマってた、**『サンクチュアリ』**っていう最高に熱いマンガの名前が候補にあがった。
「これだろう！」
「サンクチュアリだろう！」
「でも、言いにくいよ……」
「シャラップ！」
「決まり！決まり！」

「わかったよ……」と、アバウトに社名も決定。
「何で『サンクチュアリ』っていう社名なのかっていう理由を考えなきゃいけないよな。絶対に聞かれるぜ」
「うーん」
「マンガがカッコいいから！だけじゃ、ちょっとダサイ」
「何か考えよう」
「じゃ、俺が考えてくるよ」
う〜ん。
そこで俺は、何日か考えた。

〜サンクチュアリという会社は誰かをリーダーにして大きなピラミッドを築き上げていく組織じゃない。
能率良く、会社を大きくすることが目的じゃない。
みんなが自分の心の中の聖域（サンクチュアリ）を大切にして、
自分のやりたいことをやるために会社を使う。自分独自の夢をかなえるために会社を利用する。そんな想いを込めて、
サンクチュアリという会社を設立しよう。〜

それをみんなに発表した。
「いいねえ」
「アユム、頭いいじゃん！」
「よし、それだっ！」
「よし、『有限会社サンクチュアリ』で決まり！」
そして、誰が社長になるか？
そんなことを話し合う必要はない。

「俺、社長じゃなきゃやんねぇ。文句あっか」

という俺の超わがままエゴイズムの一言で即決！

とうとう、俺は２２歳にして「代表取締役」っていう、たいそうなものになったわけだ。

しぶい。

ZERO-START

社長はつまらない。雑魚に戻ろう。
またゼロから新しいことを始めよう！

社長になって数ヵ月が過ぎた。

社長なんてちっともしぶくなかった。

「２２歳で社長なんて、すごいね！」「おまえは、やっぱりすごい奴だと思ってたよ」なんてほめられっぱなしだった俺は、空高く舞い上がっていた。

生まれて初めて雑誌の取材を受け、

『エネルギー溢れる若き経営者、高橋歩さん』

的な記事で紹介されたことが、さらに俺を有頂天にさせた。

ブタもおだてりゃ、木に登る。

アユムもおだてりゃ、経営する。

俺は調子に乗って「才能溢れる青年実業家」を演じ始めていた。

「優れた経営者」になろうとしていた。

何を勘違いしたか、みんなを「１つにまとめよう」とし始めた。

社長だから、社長だから、社長だから………

社長の役割、社長の役割、社長の役割.....

俺が強いリーダーシップを発揮して....

みんなの個性を理解して、それに合った仕事を....

売上データを分析して、的確な指示を......

会社としての明確なビジョンを........
ルールを決めて、もっと能率良く........

なんと！俺は他の９人を **「管理」** しようとし始めていた。

「俺達サンクチュアリの人間は....」「俺達ロックウェルズの人間は......」「俺達は.....」 **「俺達は.....」**
ある時、みんなが「俺は」ではなく「俺達は」としか言わなくなっていることに気づいたとき、心臓がドキっとした。背筋が寒くなった。
この集団はなんなんだ？
誰も自分個人の夢や自分個人の意見を語らないじゃないか.....

俺は社長という立場と、それらしい言葉を使って、みんなを「俺の分身」にしようとしていたんだ。
口では「みんな、自分の心の中の聖域を大切にしよう」なんて言いながら、結局は、俺を中心としたピラミッドを築こうとしているんだ......
これじゃ、独裁者だ。
なに舞い上がってんだ、俺は........
なに勘違いしてんだ、俺は.....
思い上がりもはなはだしいぜ。
なんてカッコ悪いんだ......

どうにかしなくちゃ……
どうにかしなくちゃ……
どうにかしなくちゃ……

俺を舞い上がらせていたのは、生まれて初めて手にした小さな成功だった。
そうだ！**ロックウェルズを辞めよう！**
小さな成功なんて全部捨てて、新しいことを始めよう！
俺はもう一度、「雑魚」にもどろう……
またゼロからハングリーに何かを始めてみよう……

その時、俺は大好きだったロックウェルズから離れることを決意した。

映画『カクテル』のトムクルーズに憧れた日から、朝から晩までバーテンダーの修業をし、物件を探しまわり、死ぬ思いでお金を集め、自分の持てる全てをかけて叶えた夢の結晶、ロックウェルズ。
でも、いつまでも、それにしがみついてちゃダメなんだ。
自分を成長させるために、もっとカッコいい男になるために、今までの小さな成功はすべて捨てて、またゼロから新しいことにチャレンジしてみたい……
俺の心の中には、ゼロスタート欲求があふれていた。

１０人全員の集まる月１回の会議の日、俺はみんなに気持ちを熱く語り、話し込み、いくつかの約束をした。
「何をやるのか正式に決まるまでは、ロックウェルズで今まで通り頑張ること」（もちろん）
「どんな仕事を始めるにしても、サンクチュアリという会社の新事業部という形でやること。もちろん独立採算。お金も仕事も会議も全部別々」（また新しく会社を創る手続きが面倒だったので、これは俺が希望した。）
「ロックウェルズからは離れるけれど、名前の上だけではサンクチュアリの社長でいること」
（実質は、「サンクチュアリは社長なし。必要な書類に名前を書くだけ」ということ。それなら問題ない）

さぁ、なにやろっかなぁー！

今度は、もっともっとすげぇことやらかしちゃうぞ！

みんなに思いを語りすっきりした俺は、またノリノリで新しい夢を探し始めた。

TOM-SAWYER'S

自伝を出してぇ！どうせなら自分達の出版社を創ろう！

会議の日から１週間後、俺は、天才高校生として有名な常連客のマサキと店で飲んでいた。
「マサキ、俺、ロックウェルズやめようと思うんだよね」
「えーっ、何でですか？」
「またちょっと新しいことにゼロからチャレンジしてみようと思ってさ」
「なにやるんですか？」
「いや、まだ決まってねえ。ブリキのおもちゃ屋さんとか、探偵事務所なんかも楽しそうだなって感じだね」
「へぇ～。それもいいっすけど、例えば出版っていうのも、ありじゃないですか？」
「なに？出版って？」
「いや、**本を出すんですよ**」
マサキは学校で機関紙の編集をしていた。
「本を出して自分の思想や考え、あとお店を出した話を自伝風に書いてみたらおもしろいんじゃないですかね」
出版、とりあえず本を出す、自伝を出す。

自伝かぁ！いいねぇ〜！
浪人したばっかりで、夢を探して悩んでいた頃、ヒーロー達の自伝をよく読んだ。
今度は、読むんじゃなくて、俺が書く側になる....
２２歳で自伝なんて、常識破りでカッコいいじゃん。
ヒーローだから自伝を書くんじゃなくて、自伝を書いてヒーローになるってのも悪くねえな。
しかも、それがベストセラーとかになっちゃった日にゃ、一躍、時の人。
お金とかも超もらえるんでしょ、著者って。
いいじゃーん！
すごいじゃーん！
「そっか、そっか、なるほどね。自伝を出すかあ。よしよしよし、じゃあそれを調べてみよう」

さっそく『出版業界』という本を買ったんだけど、１時間ぐらいで **「超つまんねえ！難しくてわかんねえ！」** とリタイア。
その本でゲットした情報は、「本を出すには出版社の編集者っていう人にオッケーをもらう」ということ。
「編集者って人に許可をもらって、その出版社から本を発売して、著者は印税というお金をもらう」ということはわかった。

なるほど、これが俺の自伝を出す道か。
でも、これは何か違う気がする。
自伝は出してみたい。
でも、編集者っていう人にオッケーをもらうっていうのが気に入らない。
しかも、俺の書いた本なのに、売るのを出版社まかせにするっていうのも、しっくりこない。
まるで**自分達で創った店を、他の人にまかせて売ってもらう**みたいだ。
それはサエない。
俺は、書きたいことを書いて、創りたい本を創って、やりたいようにやりたいんだ。
もういいや。要は自分で本創って自分で売りゃあいいんだべ。
オッケー！決めた！
自分で出版社をつくろう！
それしかねぇ！
店もゼロからやったんだし、どうにかなんだろ。
そう思いついた俺は、速攻でマサキに電話した。
「マサキ、マサキ、出版社つくるべ。おめえもやるべ」
「えっ、会社つくるんですか」
「いや、会社は『サンクチュアリ』があるから、この会社を使って、出版の事業を新しく始めよう」
「ああ、いいっすねえ。やりますよ、おれ」

「でも、おまえ高校はいいのか」
「ああ、もう全然関係ないですから、やりますよ」
「よしっ、やろう」
「金は、どのくらいあるんですか？」
「えっ？金？ ねえよ。1円も」
「えっ？ ロックウェルズから出ないんですか？」
「出ねえ。ゼロから始めるっていうのがポイントだから」
「どうすんですか？」
「借りる」
「えーっ」
「おめえ、いくら集められる」
「いやあ、おれ、もう全く自信ないっすよう、お金は」
高校１年生つかまえて「いくら集められる？」もない。
「ちょっと足りねえな。もうちょっと頭数をふやすべえ」
店に来てた常連客で、コンっていう**改造スカイライン**を乗り回している走り屋がいた。
そいつは「もっとでかいことやらかしてぇ」と言ってオートバックスを最近辞めたばっかり。
グッドタイミング！
「おれはアメリカに行く、アメリカを見てくる」と、
２週間ほどのアメリカ放浪に出発しようとしていたコンに俺は聞いてみた。
「おめえ、もしよかったら会社やめたし、アメリカから帰ってきたら、俺とマサキと一緒に出版社やってみねえか」

「出版って何ですか。**何か本系ですか？**」
「本を出して売るんだよ」
「えっ、新しく始めるんですか。ゼロからですか？」
「そうだよ」
「いいっすね。アユム君が書いた熱い本を自分達で売るってことっすよね」
「おお。ばっちりよ」
「いいっすね。バリバリですね。ちょっとアメリカに行きながら考えてきます。帰ってきて、そのときに返事さしてください」

俺とマサキは、俺の新しく引っ越した3軒目のアパートにたまって、ハラペーニョスパゲッティーを食べながら、いろいろと夢を膨らませていた。
「本って売れたらビルが建つくらい儲かるんだって？」
「そうですよ。**ベストセラー出したら、一生遊んで暮らせますよ。しかもヒーローになりますよ！**」
「いいねぇ〜。サイコーだね」
「やりましょうよ、マジで！」
「オーッ、アムロ並みにブレイクすんべ」
「そうっすね」

2週間後、アメリカから帰ってきたコンに、俺とマサキはハイテンションで聞いた。
「コン、どう？ 気持ち決まった？」

「決まりました」
「どうする？」
「やりますよ、当たり前でしょう。アメリカ行って、超熱くなりましたよ」
「よしっ、じゃあこの３人でやろう！」
「名前は」
「んっ、面倒くせえから〈サンクチュアリ出版〉でいくべ！」
「それでいきましょう！」

その日から本格的に、３人で作戦を考え始めた。
とりあえず、出版社を創るためには、まず、何をやればいいのか。
「よし、まずは研究だ。あまりにもわかんないことが多すぎる。３人でページを分担して出版業界の本を読もう。１人で読むと疲れるから、みんなで分けよう。じゃあ、あさっての昼の１：００にデニーズで集合して打ち合わせな」
「はーい」とマサキ。
「俺、あんまり字とか読めないっすよ」とコン。
おまえ....一応、俺達３人は出版社軍団だぞ.....

２日後のデニーズ会議。
マサキは天才高校生だから、いきなり卒業論文もビックリのすごいレポートをまとめてきた。

コンは走り屋だからパープリン系。

俺も水商売あがりだから、同じくパープリン系。

まさに、マサキの独り舞台。独壇場。

「スゲエ、こいつ。**おめえ全部やってこい**」

「はい」

「たのむぜ」

よし、これであの眠くなる本を読まなくてすむ....

知識はマサキ。行動は俺とコン。それで行こう！

マサキのピックアップしてきたデータを見ながら、俺は次々と作戦を思いつき、実行に移していった。

<作戦1　脱！自費出版>

「なるほど、わかった。要はトリツギっていう、本屋に本を流す会社にオッケーを取ればいいんだな」
「そうです。まず、それです。それがないと自費出版になります。自費出版とは違うんですよね」
「全然違う。大ベストセラー狙いだから。**『窓際のトットちゃん』ばり**に」（ちなみに「トットちゃん」は５００万部。ファイブミリオンセラー）
「じゃあ、とりあえず本屋に並べるためには、そのトリツギというのを通さないとだめですよ」
「よしわかった。どこにあんの、トリツギって」とマサキから電話番号をもらって**ピッピッピッピッ**て電話して、
「すいませーん。新しく出版社を始めたものなんですけど、本屋さんに流していただきたいんですけど、どんな手続きをすればいいんですか？ それと、手数料とかいくらぐらいになりますか？」
そんなの当たり前のようにオッケーしてくれると思ってた。
「出版社というのは新規で？」
「はい、新しくこれから始めようと思ってるんですよ」
「あのう、そのような場合だと、手続きというよりは、実績等を積んでいただいた上で **審査** という形になりますが」
「えっ。あっ、簡単に本屋さんに流してはもらえないんですか？」

「いやあ、ちょっとそう簡単には。一応、実績を積んでいただいて....」
「ああ、そうですか。いやあ、何かほかにこう、本屋さんに本を置く手段はないですかねえ？」
「いやあ、ちょっと........」
「わかりました、じゃあいいです」ガチャッ！けっ！
「置いてくれないのに、どうやって実績つめっていうんだよ。まじかよ、くっそー.....マサキー、何かもっと他にないの？」
今度は別のトリツギ会社に電話した。
そこで聞いたときに、**「代理店を通せば、取引は可能」**という情報をキャッチ。
代理店を通せば、トリツギを通じて全国の本屋さんに本が並ぶ。
その代理店に電話をしたら、
「じゃあ、１度いらっしゃい」って。
「おーっし。バッチリよ」と、いきなり５分後くらいに出発した。
「あ、こんにちは。早いですね」とおじいちゃん社長が迎えてくれる。
「ああどうも、今度出版社を始めようと思ってる、サンクチュアリ出版の高橋です」
「はいはい、じゃ、そこに座って」
「ああ、はい」とか言いながら名刺を出して、名刺をもらって。
「出版計画とか資金の計画のお話をちょっと聞きたいんですけど......新刊は、どういうスケジュールで出版していく予定ですか？」とおじいちゃんに聞かれて、

「いや、特にまだ決まってないんですよね」
「えっ」
「あれっ」
「あの、とりあえず、この資料をそろえてから来て下さい」
「あっ、はい」そしたら、新刊の年間スケジュール、資金計画、出版社の概要とかいろいろ。
「そんな何冊も本を出すことなんて考えてねえよ。あー、これ面倒くせーなあ」でも、この書類をまず作って持っていかないとだめだ。出版社は始められない....しかたねぇー！
「アユムさん、**手書きはやばいっすよ**」
「ちっ。わかってるよ！」
俺は、使い慣れないワープロの前に座り、マニュアル片手にカッタカッタカッタカッタと、みんなのアドバイスを聞きながら、会社概要、設立の主旨、新刊スケジュールなどを書いた。
設立の趣旨「夢の発信基地を創るために」
そして、わけわかんねえ本の企画を、思いつくままにたくさん書きまくった。
「狼少年を探せ」「お店の出し方」「マザーテレサとイルカの会話」などなど....
タイトルもへったくれもないんだけど、5冊ぐらいの企画を書いて、「3ヵ月おきぐらいでいいや」って、適当にスケジュール表にして持って行った。
へっへっへ、これでバッチリ。
.....のわけがない。

そんなに代理店も甘くない。
見るからに全然だめだったみたいで、すごいリアクションが悪い。
一番ヤバかったのは、著者がほとんど全部、タカハシアユム＝俺だったこと。
「失礼ですが、宗教系の出版社ですか？」
って、俺の宗教かと思われた。
俺ばっかり本書いてるから。大川隆法バリに。
しかも名前『サンクチュアリ』だし、それは宗教だと思うわな。
「いや、本当に違うんっすよ。ほら、お店の出し方とかもあるじゃないっすか。これのどこが宗教なんっすか」
「でも…ちょっとそういう思想というか宗教系の方はお断りしてるんですよ」
やべえ方向に行っちゃったな、話が。
もう話は聞かないぞモードになっちゃってる……
一度帰ってから、次のアポを取りたいと電話したり、書類をいろいろ直してファックスを送ってるのにリアクションがない。
しつこく電話して、「ちょっと頼むから１回だけ会って下さい。本当に宗教系じゃないし、書類もちゃんと創ったので、お願いします！」って必死に頼んだ。
そしたら、しぶしぶ会ってくれるとのこと。
これ、ラストチャンスだと思った。
ここで、オッケー出なかったら、たぶん本屋さんに置かれないから、出版社は始められないし、もうロックウェルズやめちゃってるし、やべえ……って、俺の中ではテンションが高かった。

「今日で決めてくるからよ」

「アユムさん、頼みますよ」

「びしっと決めてくるわ、任しとけ」

俺はそんな捨てセリフを残して、ボロアパート事務所を出発した。

さぁ、勝負のときだ！

イッツ、ショータイム！

俺は代理店の社長の目をずーっと見て、

「本当に違うんですよ。本当、やりたいんっすよ。お願いします！」って、成功哲学合宿の「１０００円分働かせてください！」ばりに、かなり魂込めて頼んだ。

「わかった。わかったよ。じゃあ、とりあえず、その１冊目の本を流してみるけど、ちゃんとね、１冊でやめないで定期的に出していくっていうことだけは守りなさい」

「はい、わかりました。ありがとうございます。よろしくお願いします！」

って、超熱い握手をした。あっちはきっと嫌々だったけど。

さっそく、マサキとコンに電話して、

「やったぜ。ゲットした。

よしっ、これで本屋には並ぶ」

「よっしゃー！」

「やりましたね！」って大喜び。

そのころ、もう少し人数が欲しいなあと思って、ロックウェルズ２号店で忙しく働いていた弟のミノルをちょっと誘ってみた。
「おまえ店やったばっかりだけど、もしよかったら一緒に出版やんねえか？」
「それもいいね。店も楽しいけど出版も楽しそうだしな……」
「イルカの本でも出しちゃえよ！」という俺の一言で、ミノルはぐらぐら揺れだした。
「とりあえず、少し考えさして」と真面目に考え始めているみたいだった。

＜作戦２　６００万円のお金集め再び＞

とりあえず本屋さんで売られるってことは決まったし、次は金を集めよう。
まずは金がねえと話になんねえ。
「店を始めるの６００万円だったから、まあとりあえず出版社を始めるのも６００万円集めときゃ間違いねえだろう。
じゃ、**１人２００万円だな……**」
なんて俺の本能的な直感であっさりと決まって。
「コン、コン、おまえ、２００万大丈夫かよ」
「いやあ、ちょっとわかんないっすよ」
「おい、**とりあえず車、売っとけ**」
「いやあ、おれマジで、スカイラインだけは売れないっすよう。

あれ超金かかってるから、あれだけはちょっと売れないっすよ」
「たぶん、マサキは高校生だし、金を集めらんねえ。俺も2回目だから２００万ぐらいが精一杯かもしんねえ。もしヤバかったらおまえいけよ」
「いや、勘弁してください、アユムさーん」

まあとりあえずやってみよう。
俺は前に借りた友達から、返したばかりのお金を再び借りたり、新しい友達にまた電話して借りたり「おまえ、やっと返したと思ったらまたかよ」なんて言われながらも、とりあえず魂で２００万円を集めるために、頭を下げまくって、念書を書きまくって、どうにか3週間ほどでゲットし終えた。
今回は心に免疫が付いていたことと、一応、前回借りたお金をちゃんと返したことで信用が付いていた？ことが幸いして、お店のときよりはるかに楽にお金を貸してもらうことが出来た。
精神的なプレッシャーも驚くほど軽かった。
「よーしっ、借りたぞ、俺は」と2人に電話してみると、コンは最初から苦戦しているようだった。
「コン、大丈夫かよ」
「おれ、もう今までの過去はすべて捨てて『サンクチュアリ出版』でやることにしたんで、**売りますよ、スカイライン。**
やるときはやりますよ、俺」
もうバリバリいじってる、すごいスカイライン。
スッゲー超カッコいい、２００キロ以上ビシバシ出るような車を遂に売って、いきなり１００万円近いMONEYをGET!
「もうおれは本当、ゼロになりたいんですよ。最初、車だけは守ろうと思ってたんだけど、本当に全部捨てて挑戦しないと、やる意義がないんっすよね！」って自分に言い聞かせるように言いながら、コンは結局２００万円以上のお金を集めた。
すげぇ。
問題は高校１年生のマサキだった。
こいつは、さすがに無理だろう。いくらなんでも高校１年生だもんな.....
俺は最悪の場合、マサキは１円も集められなくても仕方ないと思っていた。
「おまえ、かなりきついだろう」
「ちょっとしんどいです」
「おまえはまだ高校生だから、あんまり無理して問題になってもいけないから、俺とコンで何とかするから、いいよ」
「ああ、すいません。やるだけやってみます」
しかし、マサキは、最終的には１００万円以上集めた。
「おめえ、誰に借りたんだ？」って俺とコンはびっくり。
友達から５万とか３万とかづつ、すごい人数に借りたらしい。
相当に魂をみせたに違いない。
もともと頭がよくて、クールで、ちょっとスカしたタイプ。
高１でバーへサングラスかけて飲みに来るような奴。
そのマサキが、プライドなんて全部捨てて頑張ったんだろう。
「おれ、このお金借りることを通じて自分の気持ちを初めて他人に真剣に話しました。おかげですげえ友達がたくさんできました」なんて言って。

グレイト！

俺も熱くなって追加で５０万円くらい集めて、最終的には６００万円近い金が集まった。

よっしゃー！行けるぞ！

サンクチュアリ出版！

<作戦３　事務所を借りよう！>

さぁ、金はそろった。

次は、事務所を借りよう。夢の発進基地だ！

どこにするか？

響き的にも今住んでいる千葉より横浜の方がかっこいい、横浜でやろう。

実家も近いし。

俺達は横浜で事務所を探し始めた。

「とにかく、きれいなところにしましょうよ」とマサキ。

「いやいや、最初だからやっぱきたねぇところから始めた方がドラマがあるべ」と俺。

「俺もそういうの好きっすよ」とコン。

ここまで汚いとこでやることもねえだろうという、家賃５万円の本当にきったねえアパート。

ドブ川のわきに建っている、その名も**ベテル荘。**

広さのわりに安かったからそこに決めた。
１０畳ぐらいの広い部屋がボーンとあって、隣に４畳半の小さな部屋がチョコンとあった。
「小さいほうの部屋を会議室にして、大きいほうの部屋にみんなのデスクを置こうぜ！」と、いろんな家具屋を探索しながら、
「このデスクにするべ！シャーロックホームズみたいでカッコいいじゃん！」
「アユムさん、高すぎですよ！ひとけた違いますよ」
「ウム。了解。じゃ、これだ！」とデスクや椅子を選ぶのは、店を創ってるみたいで楽しかった。
そこら中の壁に自分が好きなアイドルやヒーローの写真をペタペタ貼ったり、**『祈る、ベストセラー』**とわけわかんねえこと書いて、貼ったりした。
「誰だよ、こんなの貼ったの」と、勝手に他人のをはがしたり、

「落書きしちゃうべ！」と、顔写真に鼻血やヒゲやよだれを書いては、「ふざけんな！」とケンカして。
ほんと、高校の部室状態だった。

＜作戦4　本を創ろう！＞

「流通は確保。事務所も出来た！さぁ、あとは本を創ることを考えよう！」
さぁて、どんな自伝を書こう。
まずは、タイトルを決めよう。
「22歳で社長になる秘密」最悪。ダサイ。
「お店の出し方」自伝じゃない。
「ロックウェルズ」よくわかんない。
「高橋歩自伝」エゴに走りすぎ。
「高橋歩と愉快な仲間達」みんなが怒る。
う〜ん、タイトルって難しいなぁ……
なかなか決まらない。
もうこうなったら、好きな歌の名前でいこう！
まずはナガブチの**「STAY DREAM」**う〜ん、悪くないけど、今一歩だなぁ….
エリック・クラプトンの**「TEARS IN HEAVEN」**はどうだ？ かっこいいけどちょっと悲しい響きだな……
でも、サークルが「HEAVEN」だし、「HEAVEN」が付く名前はいいよな….

そうだ！ディランの

「HEAVEN'S DOOR」だ！

ガンズも歌ってるし。こりゃ、かっこいいー！
そして、深い……きまり！きまり！完璧！

俺は「じゃあこれから書くよ」と宣言し、とりあえず、思いつくままに、書きたいことを書き始めた。
ロックウェルズの開店ストーリーを書くために、その頃のノートを引っぱり出したり、卒業アルバムを見たり、サイババやイルカの話を書くために、もう一回本を読みなおしたりしながら、
デニーズで８時間も１０時間もねばって、
コーヒー３０杯ぐらいおかわりし放題の毎日。
店員のパートおばさんは、俺のおかわり攻撃に超ネガティブになってた。
盲導犬の話も書きたかったので、盲導犬協会の担当者にアポをとって、取材に行こうとしたら、当日になってテープレコーダーがないことに気がついた。
家で使ってた、バカでっかいＣＤラジカセを持っていって、ポチッって録音した。
「すいません、こんなもんで」なんて笑いながら。
ノートに書いては捨て、また書いては捨て。
ワープロで打っては登録し忘れて消え、また登録し忘れては消え、なんとか文章が少しずつ出来ていく。
それと平行して、本を創るのにいくらかかるかを調べ始めた。

すぐ近所の町の小さな印刷屋に行って、
「すいませーん。あの、本を創りたいんですけど、だいたいいくらぐらいかかるか教えてもらえますか？」
「何ページぐらいになりますか？本文やカバーはどんな紙ですか？入稿の仕方は？」と立て続けに聞かれて、全くわかんねえから、
「何にも決まってないんですよねえ」
「いやあ、それじゃあちょっとどうしようもないですよ」
「ああ、どうすればいいんですかね？」
「とりあえず何か見本になる本とかありますか」
「そういうのも特に決まってないんですけどね」
「じゃあ、そういうのを見つけたらまた来てください」
「ああ……」
見本になる本って言われたってなぁ……

その頃にちょうど、弟のミノルもサンクチュアリ出版に加わることが本格的に決まり、４人で、「よしっ」と探してきたのが、
ジャック・マイヨールの
『イルカと、海へ還る日』という本。
「これ、いいなあ。最初に何ページもきれいな写真があって、中に文章。ちょっと字も大きめで、読みやすいし。こういうきれいな本を創ろう」
「よしっ、これだ！」と決定。
いきなり１０冊くらいドーンと買ってきた。

「とりあえず本を創るのにいくらかかるのか調べなきゃいけない、どうせだったら俺達はベストセラーをやるんだから大企業と一緒にやろう。町の小さな印刷屋じゃなくて、印刷会社のトップ10社をまわって、見積りをとって、一番安いとこでやろう」と強気の方針。
次の日にはマサキが10社を調べてきた。
相変わらず仕事が早い。
「誰が見積り取りに行く？」
「どうせ、俺とコンでしょ」ミノルはあきらめ顔。
「俺、大企業行くのイヤっすよ」コンは逃げ腰。
俺は本を書くのに忙しい。
マサキは高校があるから昼は動けない。
必然的にコンとミノルが5社ずつ分担して、『イルカと、海に還る日』を持って見積りを取りに行った。
2人とも成人式以来のスーツを着てトコトコ歩いて。
「あのう。すいません、本の見積りを取りに来たんですけど」
「はい、こちらへどうぞ」
「ああ、どうも」もう、お茶を出された時点で大企業オーラに完全にのまれてる。
「あ、あのう.....」とかどもっちゃって。
それでも、結局、ミノルの

「俺は、1冊の本に命かけてるんっすよ！」

という魂トークでトップ10社のうちの1社と契約を結べることになった。
グレイト！ミノルやるなぁ！

俺は印刷会社の担当者さんに、１つずつ１つずつ印刷のイロハを教えてもらいながら、みんなと協力して本の制作を進めていった。

「あの、テイサイはナミセイ、シロクハン、アジロ、でいいですかね？」

「えっ？すいません。もう一度いいですか？」

「はい。ナミセイ、シロクハン、アジロ、でいいですか？」

「えっ？アムロ？」

「あのう……」

「いや、すいません、わかりません。何にも。

僕、バーテンだったんで何にも知らないんですよ。申し訳ないんですけど、最初から全部教えてもらえますか？」

「…………」

「とりあえず１回教えてもらったことはちゃんと覚えますんで。本当にすいませんけど全部教えてもらえますか、ゼロから.....」
「ふーっ、わかりました」
ほんと、ゼロからぜーんぶ教えてもらった。
「これは出来る、これは出来ない」
「こうすれば安くなる。ああすれば安くなる」
担当者さんはもう**仕事度外視。**
１人１人の営業マンのノルマっていうのもあるわけだし、本当は何時間も何時間もバカな俺達に付き合ってられないと思うんだけど、それでも全部教えてくれた。ホント、心の底から感謝。
「出世払いですよ」
「任せておいてください！」って相変わらず自信マンマン。

＜作戦５　全国の本屋さんを回って注文をとろう！＞

本の制作は順調に？進んでいたが、このまま本を創って、代理店にポーンって送るだけで、本当に本屋の店頭に並ぶのかどうか不安だった。
代理店に行って聞いてみよう！
「今、本を創ってるんですけど、本が出来てそちらから本屋さんに送ってもらうと、本屋さんではどういう場所に置かれるんですか？」
「いやあ、それはまあ、そちらの営業力次第で」
「えっ。営業力次第？

営業っていうのは、具体的に言うと、どういうことをすればいいんですか？」
「通常は書店さんに直接そちらの営業社員の方に行っていただいて注文をもらってきていただければ、その分は確実に届きますよ」
「ああ、なるほど、そういうふうにやるんですか。わかりました。ありがとうございます」
急いでベテル荘に帰って、
「みんな集まれ。本屋さんに行って注文もらってこなくちゃいけないらしい。営業はスクランブル体制でいこう」
本屋さんにどういう資料を持って行って、どうやって注文を取ればいいのか、とりあえず最低限のことを代理店に聞いてきて、自分達なりに営業資料を作った。
「今日、初めて営業ってやつに行ってくるよ」と言いながら、ミノルが家の近くの本屋さんに初営業に行った。
「どうかなあ」
「そんな簡単に注文とれるのかなあ」
みんな期待して電話を待っていた。
リーン、リーン、リーン、
「ハイ、サンクチュアリ出版です。ミノル？」
「注文取れたよ、取れた、取れた！」
「マジで！」
「いや、楽勝だよ。5冊、5冊！」
「それ多いの？少ないの？」

「知らねえ」
「とりあえず、取れた、取れた！」
「何だ、取れんじゃん！」
それからみんなで、**どんどんどんどん、**「取れる、取れる」と言いながら本屋さんを回り始めた。
事務所のある横浜を中心に、関東の主要な駅を網羅していった。
本の完成が近づくにつれ、「せっかく出すんだから絶対にこの本は、ベストセラーにしよう」と、営業テンションも高まってきた。
本屋さんを回っていくうちに、情報が入ってきて、本をたくさん売るには、棚にさされるんじゃなくて、ヒラっていって、ちゃんと表紙が上に向いて店頭に**ドーン**と積まれることが大切だってことに気づいた。
「そうしなきゃ誰も買わねえべえ」
「それでもだめだ。ただのヒラでもだめだ。売れる奴らのコーナーに置かなきゃだめだ」
「よしっ、今売れてるのは誰だ？」
「え〜っと、たぶん、村上龍とかシドニー・シェルダンとか」
「よし、じゃあ、村上龍とシドニー・シェルダンの間、そこら辺に置けるようにしよう！」
「わかった！」と、全員で本屋さんを回りまくった。
冷たいリアクションのほうが多かったけど、「著者みずから、営業？しかも社長さんなの？大変ねぇ〜。協力するわ。ぜひ、頑張ってちょうだいね！」なんて、優しく応援してくれる素敵な

本屋さんもたくさんあった。

最終的に本が完成するまで 注文を３０００冊近く取った。

気合い！

＜作戦６　ベストセラーへの架け橋！＞

本が完成する間際に、

「このまま本屋さんに送って、売れるのを待ってるだけっていうのも芸がねえ。何か一発すげえことをやらかさねえとベストセラーにはならねえ」

「何がいいかな、作戦を考えようぜ」

友達はまず全員買わせないと話にならないと思って、

「何人目標にする？」

「**１０００人だろう、**やっぱ」
いきなり、「俺の本が出たから死んでも買ってくれ」と言わんばかりに本の表紙がドーンと入ったハガキを1000枚作った。
とりあえずロックウェルズのメンバーや知り合いに、
「これ、とにかく自分の知ってる奴に送ってくれ」って頼みまくった。
みんなで1000枚書いて、全部 送った。
「とりあえず買えよ」って書いて。
おもいっきり脅し系のノリで。

このくらいの作戦じゃ、なまぬるい。
もう１つ考えついたのは、**「自力で売り切れ大作戦」。**
まず、１つの本屋さんで集中的に買う。
そうしたら一気に売り切れになる。
本屋さんは、すぐ注文する。
そして、また集中的に買いまくって一気に売り切れになれば、
月間のベストテンに入る⇒月間のベストテンに入ればうわさになる⇒雑誌に取材される⇒そしてアムロ並みに大ブレイクするというプランを立てた。
これぞ、ベストセラーへの架け橋だ。
「じゃあその本屋はどこにする」
「でっかくて有名な本屋じゃないと、意味ないっすよね」
「やっぱり新宿紀伊国屋しかないっしょ！」
とりあえず、新宿紀伊国屋で買いまくろう。

俺達４人はあたりまえとして、
友達にも「ちょっとおまえ、俺の本を買ってくれ、新宿紀伊国屋で」って金を渡しておけばいい。
発売と同時に強引に売り切れにしよう。
ふふふふふ……
すごいことになるぞ、こりゃ……

本の製作も無事終了し、発売日は目前に迫っていた。

HEAVEN'S DOOR

超話題作！？ヘブンズ・ドアー発売だ！

そしてついに、サンクチュアリ出版待望の処女作、**高橋歩のエゴエゴ自伝、「HEAVEN'S DOOR」の発売を迎えた。**

発売日当日、俺達４人は、新宿紀伊国屋に集合し、スーパードキドキしながら「HEAVEN'S DOOR」を探し始めた。

「どこだ？どこだ？本当にあるのか？」

「あれ～」

「いや、ありますよ、絶対」

１階のフロアーには見当たらない。

隅から隅まで、雑誌コーナーまで探してもみつからない。

「あれ～？どうしたんだ？」

「２階だよ、きっと！２階に行ってみようぜ！」

ちょっぴり不安になりながら、俺達はタッタッタッタッタッタと階段をかけのぼった。

「え～っと、エッセイのコーナーはどっちだったっけなぁ.....」

「こっちだよ、こっち」

「そうだ、そうだ」

階段をのぼりきった俺達は、キョロキョロしながら左手のほうに急いだ。

コンは走り屋だから、先頭。

俺とミノルが続き、マサキがすぐ後ろについてきてる。

「ここらへんだよなぁ....」

「どう？ある？」

「え〜っと、え〜っと.......**あったぁー！あったぁ！**

あるぞー！ここに！おー！」

コンがシャウト！

「えっー？どこ？どこ？おー！あったぁー！」

「すげぇー！カッコいいー！」

「やったぜー！」

エッセイのコーナーの一番手前に、

「HEAVEN'S DOOR」は、**ドーン**と積まれていた。
しかも、**椎名誠の隣**だ！
シドニー・シェルダンと村上龍の間じゃなかったけど、それはまぁいい。
「すげぇー！すげぇー！」
「並んだな…ちゃんと…」ミノルはこみ上げてくるものを抑えるかのように、**ジーッ**と本を見つめている。
「いやぁ、やっとここまできましたね。苦労が報われましたよ」
マサキは嬉しそうにはしゃいでいる。
「かなり熱いっすね！出版ってのも感動がありますね！バリバリっすね！」走り屋魂の抜けないコンも、だんだん似合うようになってきたスーツの腕をまくりながら、ガッツポーズをしてる。
とうとう、自伝が出たんだぁ.....
嬉しいなぁ.....
俺も感動に浸っていた。
言葉に出来ない熱い気持ちが胸にぐーっと込み上げてきた。
大好きだったロックウェルズをやめ、まったくのゼロから、こんな楽しい奴らと頑張ってきた毎日がフラッシュバックした。
みんな、口には出さなかったけど、本当は辛いこともあったろうに....

「よっしゃー！勝負はこれからだぜ！」

「そうっすよね！これからっすよね、大変なのは！」

「ブチキレっすよ！」

「俺はやるぜ！」

「んじゃ、さっそくみんなで売り切れにしちゃおっか！」

「やっちまいますか！」

「よっしゃ!」

サンクチュアリ出版の冒険は、これからが本番だ。

EPILOGUE

～毎日が冒険～

自分の夢を探し始めた１８歳の頃から６年あまりの日々が怒涛のように過ぎた。
俺達の始めたロックウェルズも新しい仲間達によって今では４店になった。
一応、今でも俺が「有限会社サンクチュアリ代表取締役」っていうもんをやっているが、ロックウェルズの経営はバーテンダーとして年季の入ってきたセイジと、幼なじみのマツオカを中心にまわっている。
大輔はロックウェルズの経営から離れ、放浪したり、ライブをやったり、マイペースでプラプラしている。
けんたは芝居に目覚め、ロックウェルズを辞めて劇団に所属し、脚本を書いたり、演出をしたり、役者をやったりしている。
「３年以内に鴻上ショウジぐらいは軽く抜かす」そうだ。
そして、俺は、ロックウェルズを辞めたことに続いて、来年の８月にはサンクチュアリ出版も辞める。
社長なんか辞めちゃって、愛しい彼女のサヤカと結婚して、世界大冒険に出発する。
期間もコースも移動手段もなーんも決めないで、世界中を放浪するんだ。
へっへっへ、俺の冒険は続いていくんだぜ！

ちょっくら振り返ってみると、俺の冒険はいつも同じように流れている。

1「これだぁー！サイコー！」と感動して、
2「俺もああなりたい」と憧れて、
3「じゃ、何から始めよう」と作戦を立て、
4「とりあえずやっちまえ！」と実行し、
5「ああダメだ」と失敗し、
6「じゃ、これでいこう！」と作戦を変更し、
7「なにくそー！」と成功するまでやり続ける。

守ってきたことは、ただひとつ。

やっちまうことだ。
無理やりでも、やりたいことを始めちゃうことだ。
そして、うまくいくまでやめないことだ。
最後の最後にうまくいけば、すべての失敗は経験と呼ばれる。
どんなにカッコいいことを考えてても、どんなにカッコいいことを言ってても、やんなきゃ終わりだ。
実際にやるってことが勇気なんだ。
自分自身が大切だと思うことのために、他人が何と言おうが、自信がなかろうが、「ウリャー！」と目をつむって荒い海に飛び

込んでいく瞬間こそ、一番怖いけど、一番カッコいい瞬間だ。
自分の命がキラキラ輝く瞬間だ。
泳げないからこそ、海に飛び込むんだ。

「自由」であり続けるために
「自分」であり続けるために
僕らはこの街から冒険を始めよう

そう、毎日が冒険！

ウリャー！

LONG ROAD

～毎日が冒険！のテーマ～

生意気なガキだと　ののしられればられるほど
自分の気持ちにまっすぐでいようとしてた
若すぎてわからないこともたくさんあったけど
若くなきゃわかんないことだってあるぜ

誰かの言葉に自分を見失なっちゃって
明日が怖くなる　そんな夜もあったけど
本当に大切なことは他人に相談しちゃダメさ
自分の歩く道は自分で決めるものさ

EVERYBODY HAVE AN OWN ROAD
俺の選ぶ　LONGROAD
熱い想いのまんま駆け出した日々は誰にも邪魔できない
キミの選ぶ　LONGROAD
その夢を叶えてゴールで笑おうぜ

世の中が甘くないのは俺も知ってるけれど
夢は逃げることなく　逃げるのはいつも俺さ
自由であるために
自分であるために
楽園を探して冒険を続けていこう

EVERYBODY HAVE AN OWN ROAD
俺の選ぶ　LONGROAD
熱い想いのまんま駆け出した日々は誰にも邪魔できない
キミの選ぶ　LONGROAD
その夢を叶えてゴールで笑おうぜ
キミの生きる冒険に幸あれ

毎日が冒険！

CAST

アユム	高橋歩
大輔	土橋大輔
セイジ	神永誠司
けんた	今井賢太郎
ミノル	高橋実

脚本・監督	高橋歩
製作・編集	磯尾克行
美術・制作	高橋実
撮影・効果	光田和子
営業	鶴巻謙介
経理	二瓶明
音楽プロデューサー	土橋大輔
デザイン	STUDIO SORA to DAICHI
提供	Sピクチャーズ
ノベライズ	サンクチュアリ出版

協力　ROCKWELL`S

配給　SANCTUARY

自由であり続けるために。そして、自分であり続けるために。

HOT YOUTH SERIES

ホットユースシリーズ

20代。自分。自由。

「自分オリジナル」で生きるためのビジュアルブックシリーズ

熱くなった気持ちを行動へ移すために....

Part:1 スピリッツブック

「CROSSROAD~GRADE-UP version」

「CROSSROAD SCREEN'S」

▼

Part:2 ドキュメントストーリーブック

「毎日が冒険」

「SANCTUARY」

「LOVE&FREE」

▼

Part:3 実践ガイド

「自由であり続けるために、僕らは夢でメシを喰う／Dream 1:自分の店」

「自由であり続けるために、僕らは夢でメシを喰う／Dream 2:自分の本」

「CROSSROAD~GRADE-UP version」

監修：SANCTUARY

ルールはないが、ヒントはある。
自分自身の価値観を失うことなく、20代を熱く生きた実在する60人の名言集。

ISBN4-921132-00-3 定価（本体1200円＋税）

「CROSSROAD SCREEN'S」

監修：SANCTUARY BOOKS

「映画に学べ。ヒーローを、超えろ。」映画館は僕らの本当の学校だ。
20代の僕らの心を震わせた言葉を、全56タイトルの名映画から厳選。

ISBN4-921132-06-2 定価（本体1200円＋税）

新装版「毎日が冒険」（高橋 歩　著）

守ってきたことはただひとつ。「とりあえず、やっちまう」ってことだ。
何回失敗したって、最後の最後にうまくいけば、すべての失敗は「経験」と呼ばれるんだから。

ISBN4-921132-07-0 定価（本体1300円＋税）

「SANCTUARY」（高橋歩／磯尾克行　共著）

心の地図を開き、「夢を叶える旅」に出ろ！
アタマではなく、ココロが求めているホンモノの夢をみつけるために。

～「毎日が冒険」の続編。～

ISBN4-921132-04-6 定価（本体1200円＋税）

「LOVE&FREE」（高橋 歩　著）

南極から北極まで気の向くままに数十カ国を旅して歩いた
約2年間の世界一周冒険旅行の記録。
～ホットユースシリーズの完結編的存在！～

ISBN4-921132-05-4 定価（本体1300円＋税）

「自由であり続けるために、僕らは夢でメシを喰う／Dream 1:自分の店」

監修：SANCTUARY

この本と情熱だけで、自分の店は絶対持てる！
～「無一文＆未経験＆コネなし」からはじめる究極の<開店マニュアル>～

ISBN4-921132-02-X 定価（本体1200円＋税）

「自由であり続けるために、僕らは夢でメシを喰う／Dream 2:自分の本」

監修：SANCTUARY

この本と情熱だけで、自分の本は絶対出せる！
～「無一文＆未経験＆コネなし」からはじめる究極の<自分の本出版マニュアル>～

ISBN4-921132-03-8 定価（本体1200円＋税）

※本書『毎日が冒険』は、1997年10月に小社より発行された同名書籍の新装版です。

新装版 毎日が冒険

2001年 8月 8日　初版発行
2022年 10月 3日　第24刷発行（累計14万部 ※旧版・電子書籍含む）

著者　高橋歩

装幀　高橋実(Jammy's Factory)
編集　磯尾克行
本文レイアウト・イラスト　光田和子
新装版レイアウト　松本えつを

発行者　鶴巻謙介

発行／発売　サンクチュアリ出版
東京都文京区向丘2-14-9
〒113-0023
TEL 03-5834-2507 / FAX 03-5834-2508
URL　http://www.sanctuarybooks.jp/
E-mail　info@sanctuarybooks.jp

印刷・製本　（株）平河工業社